나의 마흔에게

어른의 공부,
마흔엔 무슨 책을 읽어야 할까요

나의 마흔에게

○ 전안나 지음

풀빛

오랫동안 마흔을 생각했습니다.
그때는 아직 오지 않은 날, 먼 훗날의 일이라 생각했는데
어느새 마흔이 되어 버렸습니다.

저에겐 마흔이 부정적인 느낌으로 먼저 다가왔어요.
준비가 된 완벽한 어른이 되어야만 할 것 같고,
흔들리지 않는 마음 '불혹'이어야 할 것 같고,
그러면서도 아직 중년이라는 말은 듣기 싫은 마흔이었습니다.

마흔을 준비하면서 주변 사람들에게 물어보았습니다.
"당신에게 마흔은 어떤가요?"
마흔을 맞이하는 사람들의 유형은 다양하더군요.
마흔을 자연스레 수용하는 사람,
거부하며 싫어하는 사람,
의식적으로 노력하며 신중하게 맞이하는 사람,
기쁘게 생각하는 사람,
별다른 생각 없이 넘어가는 사람 등으로 나뉩니다.
마흔인 친구들과 함께 읽고 싶은 책들을 골라보았습니다.

마흔 친구들과 나누고 싶은 질문도 골랐어요.

저는 마흔에 대한 책들을 읽으며 마흔에 대한 막연한 두려움이
줄어들었습니다.

책 속 마흔 선배들의 공통적인 이야기는
"마흔은 이전까지 많은 영향을 끼쳤던 부모와 태어난 환경이 아니
라, 개인의 차이가 드러나는 시기이기 때문에 준비해서 맞이하면
다른 삶을 살게 된다"는 것이었습니다.

마흔은 지혜와 경험이 있고, 삶이 무엇인지 알고, 사람도 알고,
일의 전문성도 있는, 즐겁고 행복하고 성숙한 삶으로 들어서는
시작이라고 생각하니 즐거워졌습니다.

삶의 어느 순간에만 쓸 수 있는 글이 있다고 하죠?
이 글을 다 쓴 지금, 제 마음이 바뀌었어요.
이제는 즐겁고 반갑게 마흔을 맞이하려 합니다.

안녕? 마흔!
잘 부탁한다.

전안나

차 례

PART
1

마흔 준비 책방
○ 마흔 맞이를 잘하고 싶어서 읽어요

PART
2

마흔, 지금 책방
○ 마흔, 지금을 잘 살고 싶어서 읽어요

PART
3

마흔 이후 책방
○ 마흔 이후 미래를 기대하며 읽어요

마흔 준비
책방

마흔 맞이를 잘하고 싶어서 읽어요.

남들의 명언에
밑줄 치느라 밤새우지 말라.
자신만의 명언을 만들기 위해
노력하라.

《마흔이 되기 전에》 (팀 페리스)

마흔이라니...

《마흔에 관하여》 (정여울, 한겨레출판, 2018)

82년생 전안나입니다. 내가 벌써 마흔이라니!
마흔이 궁금해서 마흔 선배들이 쓴 책을 쭉 펼쳐 놓고 한 권씩
읽기 시작합니다. 처음으로 펼친 책은 정여울 작가님의 《마흔
에 관하여》입니다.

정여울 작자는 "마흔은 내가 처음으로 있는 그대로의 나를 사
랑하기 시작한 나이다. 멀리서 그저 아련히 반짝이기만 했던,
삶의 숨은 가능성들이 이제야 그 빛을 발하는 시기"이고 "기대
이상으로 설레고 반갑다"라고 말했는데, 나는 기대보다는 두려
움이 먼저 왔다는 사실을 고백하지 않을 수 없습니다.

사람들은 보통 '9수(아홉수)'라고 하고 해서 19세, 29세, 39세
등 9세로 끝나는 나이에 의미를 두는데 저의 19세, 29세는 삶

에 묻혀 버렸습니다. 19세에는 대학교 1학년이었는데, 아르바이트를 하며 정신없이 보내서 10대가 끝나는 감흥보다는 대학생이라는 의미를 더 찾았어요. 29세에는 첫째아이가 2살이라 아이에게 나의 모든 시간을 보냈고, 서른에 둘째아이 낳고 정신을 차려 보니 어느새 30대 후반이 되어 있었습니다. 이전까지는 20대와 30대가 된다는 것이 어른이 되는 것 같아 즐겁고 반가웠습니다. 그런데 명실공히 어른인 40대가 된다고 하니 두렵습니다. 정여울 작가와는 반대로 처음으로 나의 나이를 부정하고 싶은 시기였다고나 할까요?

'마흔'이라는 단어가 잘 받아들여지질 않습니다. "정말? 나 마흔이야? 난 아직도 애니메이션 좋아하고, 동요 좋아하고, 건강하고, 미니스커트도 입을 수 있는데, 내가 정말 마흔이라고? 헐!" 이런 마음입니다. TV속 너무나 젊고 예쁜 손예진과 한가인도 나와 동갑인 82년생이고, 2월 빠른 생일이라 81년생과도 친구이니 전지현, 한예슬, 송지효도 동갑입니다. '저런 연예인이 어딜 봐서 중년이야? 나도 아니야!' 억지를 부려 봅니다.

내 마음은 아직 마흔이 아닌데, 내 몸은 마흔을 먼저 알려 줍니다. 머리카락이 가늘어지고 자꾸 빠져나갑니다. 흰 머리카락이 한 개씩 나더니 이제는 무리지어 납니다. 몸의 살은 늘어가는데 얼굴 살은 빠지는 게 보입니다. 얼굴 살 빠져 보인다는 말이 즐겁게 들리지 않습니다. 어릴 때는 옷에 몸을 맞췄는데, 이젠 몸에 옷을 맞추게 됩니다. 몸에 딱 맞는 옷보다 헐렁한 옷이 좋아집니다. 임신 3개월까지 하이힐을 신고 다녔고, 65세까지 하이힐을 신는 게 목표라고 했었는데, 마흔이 되자마자 굽 있는 신발에서 내려와 운동화만 찾게 됩니다.

아침에 일어나면 베개 자국이 한 시간이 지나도 안 없어지는 걸 보니 피부 탄력이 떨어지는 것도 체감됩니다. 20대는 성형외과에 가고, 40대는 피부과에 간다던데 그 말이 무슨 뜻인지 이제 알 것 같아요. 얼굴 오른쪽 광대뼈 위에 1원짜리 동전만 한 반점이 보입니다. 1년 전부터 눈에 띄기 시작하더니 자꾸 거슬립니다. '선크림을 안 발라서 기미가 생긴 것일까, 아니면 노화로 인한 검버섯일까?' 노화의 시작이라고 생각하니 속이 상하네요.

난생처음 피부과를 예약했습니다. 의사에게 걱정 가득한 표정으로 "제가 마흔인데요, 기미인가요? 혹시, 검버섯인가요?" 묻자 "잡티입니다"라는 쿨한 대답에 휴, 순간 안심이 됩니다. 그럼에도 얼굴과 몸이 나이 들어간다는 것을 느낍니다.

야근해서 번 돈으로 피부과 가고, 주말에 일해서 번 돈으로 물리치료 가야 할 나이가 마흔이라는 말이 있더라고요. 현실에서 만난 마흔 선배들이 말하는 가장 큰 변화 역시 신체의 변화입니다. 독서법 강의를 다닐 때 독자들이 "작가님 몇 살이세요?" 물어서 "30대 후반입니다"라고 대답하면 다들 "지금부터 꼭 운동 시작하세요. 예전까지는 정신력이 신체를 이겼는데 마흔부터는 신체가 정신을 이겨요. 그러니까 꼭 운동 시작하세요"라는 당부를 여러 번 들었습니다.

갱년기를 경험한 선배들도 말합니다. 무조건 바쁘게 열심히 사회생활하면서 보내는 것이 최고이고, 몸이 이상하면 바로 병원에 가서 약을 처방받고, 혼자 앓지 말라고요. 예전엔 밥이 보약이고 잠이 보약이었는데 그것만으로는 부족하다는 게 확실히 느껴집니다. 방송에서는 석류, 콜라겐, 비트, 백하수오, 자두, 콩, 칡을 갱년기에 좋은 식품으로 소개하고, 바로 옆 홈쇼핑 채널에서는 갱년기에 좋은 식품과 영양제를 판매합니다. 홈쇼핑 광고를 보다 보니 안 먹으면 큰일 날 것 같은 조급한 마음이 드네요. 이런 체감이 느낌으로만 끝나면 좋으려만… 35세부터 여성 호르몬이 급격히 줄어들어 하강 곡선이 그려진다는 전문가의 그래프를 보니 마음도 같이 내려가는 것 같아요. 어떻게 하면 기쁘고 즐겁고 준비된 40대를 살아갈까… 숙제가 생겼습니다.

정여울 작가의 책을 펼치며 마흔살이를 시작합니다. "내가 견

디고 다듬고 보듬고 마침내 완전히 껴안은 마흔이라는 시간"이
라는 말처럼 설레고 반갑게 마흔을 맞이할 수 있을까요?

두렵지만 책을 가이드삼아 마흔살이를 시작해 봅니다.

마흔 노트

> 저는 책을 가이드삼아 마흔살이를 시작하려 합니다.
> 여러분의 마흔 동반자는 무엇인가요?

_____

_____

_____

_____

_____

_____

> 저자는 "마흔은 내가 처음으로 있는 그대로의 나를 사랑하기 시작한
> 나이"라고 말하는데요, 여러분에게 마흔은 어떤 나이인가요?

_____

_____

_____

_____

_____

_____

마흔의 무지개

《마흔의 서재》(장석주, 프시케의숲, 2020)

《마흔의 서재》는 초판이 나온 지 10년도 더 된 책인데, 지금 읽어도 마흔에 대해 여러 가지 생각을 하게 됩니다. 마흔은 지나간 삶을 돌아봐야 할 때, 마흔은 앞으로 살아갈 날들에 대한 새로운 계획을 짜야 할 때, 마흔은 결단해야 할 때, 마흔은 다시 공부를 시작해야 할 때, 마흔은 인간관계에 대해 신중하게 점검해야 할 때, 마흔은 열정을 다시 지펴야 할 때, 마흔은 끝이 아니라 새로운 시작을 준비해야 할 때, 마흔이 이제 새로운 인생의 2막을 열어야 할 때라고 저자는 말하는데요, 여러분은 마흔이 어떠한 때라고 생각하시나요?

제 생각에 40대는 삶의 형태가 가장 다양해서 무지개 같은 때 같아요. 주변에 앞서거니 뒤서거니 마흔살이를 하는 지인들이 많은데요, 결혼 여부, 직장 유무, 자녀 유무, 자녀의 나이, 같이 살고 있는 가족 구성원에 따라 마흔끼리 만나도 공통으로 할 이야기가 없을 때도 있어요. 40대들의 삶이 얼마나 다양한지 살펴볼까요?

저는 40대 워킹맘이고, 결혼 전부터 한 직장에서 19년째 쉬지 않고 일하고 있어요. 남편은 작은 무역회사를 10년 동안 다니다가 마흔을 1년 앞두고 갑자기 해고를 당했어요. 현실적으로 마흔에 재취업이 어렵다고 판단해서 창업을 했습니다. 중학생, 초등학생 아이를 키우고 있고요. 아이들은 학교에 다니고, 엄마는 직장에 다니고, 아빠는 창업을 한 40대 부부입니다.

선배 부부를 보면, 언니는 전업주부로 중학생, 고등학생 아이를 키우고 있어요. 형부는 대기업 과장으로 20년간 근무했는데 명예퇴직 압박이 직간접적으로 다년간 있었다고 해요. 몇 년 전부터 명퇴를 고민했고, 퇴직하면 식당을 차리려고 요리 학원을 등록하기도 했었습니다. 그런데 주변에서 식당 차리는 걸 말려서, 여러 해 동안 고민하다 작년에 해외 지사로 이직했고, 온 가족이 함께 이민 가서 살고 있어요.

직장 동료는 마흔한 살에 임신해서 첫아이를 낳고 육아휴직 중입니다. 요즘 육아로 밤에 잠을 못 자서 죽을 것 같다고 호소하지요. 애는 젊어서 낳아야 한다며, 행복하면서도 힘든 초보 엄마의 삶을 처음 경험하고 있어요.

부부가 동갑인 지인은 아이를 낳지 않고 강아지 한 마리를 키우고 있지요. 주중에는 둘 다 직장에 다녀서 바쁘고, 주말에는 남편과 낚시도 가고 등산도 다니면서 딩크족으로 살고 있었는데요, 최근엔 부모님이 아프셔서 형제들이 돌아가며 병간호를 하느라 힘들다고 하네요.

사회에서 만난 지인은 얼마 전 이혼했습니다. 남편에게 받은 배신감과 상처, 아이의 상처를 헤아리느라 이혼하는 과정이 정말 힘들었지만, 정리되고 나니 지금은 마음이 편하다고 해요. 사춘기가 왔던 아이와 더 돈독해진 것 같고, 직장을 다니면서 정신없이 보내고 있어요.

미혼인 후배는 본가에서 독립해서 집을 사고 차를 사고 싱글라이프를 즐기고 있어요. 정규직 직원에, 차도 있고 집도 있는 골드미스니 결혼하지 말라는 말을 많이 듣는다고 합니다.

비혼인 대학 친구는 대기업에 다니고 있고, 교사로 정년퇴직한 엄마와 둘이 살아요. 엄마와 이런저런 갈등이 많아서 힘들어 하죠. 엄마와 따로 살아야 갈등이 해결될 것 같은데, 엄마가 연세가 있으셔서 현실적으로 독립하는 것이 어려워 이러지도 저러지도 못하고 있어요.

제가 아는 일곱 명의 40대는 다 다른 삶을 살고 있더라고요. 사춘기 자녀와 갱년기 부모가 싸우는 집도 있고, 내 몸도 슬슬 고장 나기 시작해서 부모님과 같이 병원을 다니는 집도 있고, 갱년기 남편과 폐경기 아내가 있는 집 등, 자녀-부부-부모 세대 간의 어려움이 한 번에 휘몰아치는 시기이기도 합니다. 정말 우리는 같은 시대를 살고 있지만, 서로 다른 세상을 살고 있는 듯합니다. 장석주 작가는 "인생에는 오로지 두 개의 길이 있다. 내가 걸어온 길과 내가 가지 않은 길이다"라고 말하는데요, 정말 그런 것 같습니다.

아직 끝까지 다 가보지 않은 길이라 걱정되지만, 지난 40년을 잘 살아왔으니 앞으로도 잘 살아갈 수 있을 거라 생각해요. "마흔, 당신의 전성기는 아직 오지 않았다"는 말이 내 등 뒤에서 박수치며 응원해 주는 느낌입니다.

마흔 노트

> 나의 마흔은 빨주노초파남보 중 무슨 색인가요?
> 왜 그렇게 생각하나요?

_____

_____

_____

_____

_____

> 저자가 말하는 두 개의 길, "내가 걸어온 길"과
> "내가 가지 않은 길"은 어떤 것이 있을까요?

_____

_____

_____

_____

_____

마흔의 뇌

《중년의 발견》 (데이비드 베인브리지, 청림출판, 2013)

《중년의 발견》은 마흔을 주제로 한 책 중에서 특이하게 '과학' 분야에 속하는 책입니다. 마흔을 주제로 한 책은 대부분 에세이나 자기계발서인데 말이죠. 절판된 책임에도 같이 이야기를 나누고 싶어요. 도서관이나 중고 서점에서 찾아 읽어 보면 좋을 것 같아요. 저자인 데이비드 베인브리지는 수의사인데요, 본인이 경험한 마흔 즈음의 신체 변화에 대한 고민으로 이 책을 시작하게 되었다고 합니다. 수의사답게 그는 인간을 다른 동물들과 비교해서 설명합니다.

예전에는 평균 수명이 50세가 채 되지 않아서 중년기 없이 바로 노년기와 사망으로 이어졌지만, 평균 수명이 늘어나면서 예전 세대가 경험하지 못했던, 그리고 동물들은 경험하지 못하는 중년기가 우리에게 생겼다고 하네요. 요즘 100세 시대니 120

세 시대니 이야기를 하는데, 그런 관점에서 보면 마흔은 아직 반도 살지 않은 시기이고, 평균 수명대로만 산다면 누구나 중년기를 거치게 됩니다. 중년은 수백만 년의 진화 과정을 거쳐 얻은 행운의 시간이랍니다.

저자는 중년을 40세부터 60세까지의 시기로 말합니다. 숫자인 나이로만 말하는 것은 아니고, '중년'이라는 과도기적 시기를 특별하게 설명합니다. 저자는 마흔이 되면서부터 머리카락이 희어지고, 시력이 흐려지고, 기억력이 떨어지는 것을 걱정하면서 "이제 나는 인간으로서 생산적인 삶이 끝났는가? 지금부터 나는 무엇을 위해 살아야 하지?"라는 의문을 가졌고, 이런 의문을 과학적으로 탐구합니다. 그는 인간의 중년기가 놀랍다고 말합니다. 중년의 신체적 변화, 정신적 변화, 정서적 변화의 측면에서 말이죠.

겉으로 보기에 기억력이 떨어지는 것처럼 보이지만, 실제로는 청년기의 '빠르게 생각하기'에서 벗어나 뇌가 새롭게 프로그래밍이 되어서 '다르게 생각'하는 것이 바로 중년기 뇌의 특징입니다. 이러한 노련미는 숙련기의 뇌가 가지는 특징이니 중년에 대해 막연한 두려움을 가지지 말고 아름다운 전성기로 바꿔나가라고 우리를 독려해 줍니다. 지식 습득의 속도가 떨어지지만, 지혜와 경험이 누적되어서 가장 지혜롭고 중요한 시기라는 말에, 모든 직업을 이끌어가는 핵심 인재들이 중년과 노년기에 있는 사람들이라는 지지와 희망을 주는 말에 저도 모르게 밑줄을 긋게 됩니다.

저자의 말처럼, 저도 중년기에 가장 지혜로워질 수 있고 나이가 들수록 용감해질 수 있을까요? 사실 저는 마흔에 들어서면서 서글픈 마음이 먼저 들었습니다. 좋았던 시절이 다 지나가고 이제 늙을 일만 남은 건가 싶어서 말이죠.

괜스레 콧등이 시큰거리며 제2의 사춘기가 돌아온 것 같은 기분이 듭니다. 하지만 이런 막연한 두려움과 부정적인 생각을 저자는 동물학적·자연사적 접근으로 중년의 신체적 변화, 정신적 변화, 정서적 변화라고 말하니 조금씩 그 말에 설득 당하게 됩니다. 수의사가 이과적인 시각으로 마흔을 이야기하다 보니 이해가 안 되는 부분도 있고, 과학 전공 서적을 읽는 것처럼 어렵기도 하지만, 이상하게 읽을수록 점점 자신감으로 마음이 충만해집니다.

실은, 얼마 전까지만 해도 저자처럼 마흔이 되면서 머리카락이 희어지고, 시력이 흐려지고, 기억력이 떨어지는 것을 걱정만 하고 있었습니다. 모든 일에는 장단점이 있는데, 그동안 너무 단점에 집중해서 생각했다는 걸 깨닫게 됩니다. 단순히 나이라는 잣대로 나를 한정하려 했던 스스로를 반성합니다. 중년기에도 우리 인생에 부여된 각 단계별 발달의 과업이 있고, 우리는 저자의 말처럼 가장 지혜로워질 수 있습니다.

저는 어릴 때 기억력이 정말 좋았습니다. 그래서 회사에서 일하다 엉뚱한 소리를 하는 사람이 있으면 머릿속에서 회의록을 꺼내와 펼친 것처럼 상황 설명부터 상대방이 그때 했던 이야기, 서로 오간 대화들을 줄줄 읊으며 큰소리를 쳤지요. 하지만 애 둘을 낳고 나이가 마흔이 되고 보니 어떤 일은 아예 통째로 생각이 나질 않아요. 기억에 확신이 없으니 상대방의 말을 믿게 되고, 자기 확신이 줄어듭니다. 확증편향에 빠지지 않고 변화 유연성이 생기고, '그럴 수 있지'를 나와 남에게 더 유연하게 말할 수 있는 상황이 되는 것은 어른처럼 보여서 좋은 것 같아요.

마흔의 우리는 사람들이 싫어하는 스트레스조차 노년기나 청년기의 사람보다 잘 극복할 수 있다고 합니다. 왜냐하면 우리는 청년들보다 이성적이고, 다양한 인맥과 네트워크로 문제를 풀어갈 수도 있고, 경제적으로도 조금은 여유가 있고, 수많은 경험을 바탕으로 바른 판단을 내릴 수 있기 때문이지요. 마흔의 내 뇌가 얼마나 지혜로울 수 있는지 스스로를 믿어봐야겠습니다. "우리는 중년에서야 비로소 신을 닮은 지혜와 이성과 기억력"을 갖게 되고, "중년에는 중년만 할 수 있는 즐거운 일과 시간과 지혜가 있을 것"이라는 작가의 말에 힘을 얻고, 나의 중년의 뇌가 진정 성공작이 되길 기다려봅니다.

이제부터는 기억력이 아니라 지혜로 승부를 보는 마흔이라니, 기대가 됩니다.

마흔 노트

기억력이 아니라 지혜로 승부하는 마흔이라는
말에 대해 어떻게 생각하시나요?

_____

_____

_____

_____

_____

"나는 중년이 왜 그렇게 많은 사람에게 두려움을 심어 주는지
그것이 궁금하다"라고 책을 시작하는데요, 사람들이 중년을
두려워하는 이유가 무엇이라고 생각하시나요?

_____

_____

_____

_____

_____

_____

마흔의 용서

《마흔 이후》(소노 아야코, 리수, 2012)

《마흔 이후》를 읽으며 마흔의 친구들과 나누고 싶은 주제는 '용서'입니다. 왜 용서라는 단어를 꺼낼까 의아해하시는 분들이 있을 것 같아요. 저에게 '용서'는 마흔을 준비하기 위한 아주 중요한 단어입니다. 여러분은 평생에 걸쳐 누군가를 미워해 본 적이 있나요? 절대 용서할 수 없다고 생각해 본 사람이 있나요? 저는 있어요.

저의 전작 《태어나서 죄송합니다》를 읽은 독자라면 알겠지만, 저는 생애 첫 집이 고아원이었습니다. 이유는 모르겠지만 친부모와 살지 못하고 고아원이라고 불렸던 아동 양육 시설에서 살다가 5살에 양부모님에게 입양되었습니다. 겉으로는 대궐 같은 저택에 운전기사가 있는 집에서 사는 귀한 부잣집 외동딸처럼 보였지만, 5살부터 27살까지 양아버지의 묵인 아래 양어머니로부터 극심한 아동학대를 받았습니다. 매일 설거지, 청소, 요리 등 집안일을 해야 했고, 양어머니의 기분에 따라 뺨을 맞고, 발로 차이고, 욕을 듣고, 칼로 위협을 받으며 살았습니다. 그러다 28살에 양어머니 집을 나와서 남편과 결혼하고 두 아이의 엄마가 되었습니다.

중고등학교 사춘기 시절부터 저는 고민이 많았습니다. 나는 왜 친부모와 살지 못하는 걸까? 친부모는 누구일까? 왜 양부모는 나를 데려다가 식모처럼 키웠을까? 왜 나는 친부모에게도 버림받고, 양부모에게도 사랑받지 못하는 존재가 된 걸까? 나는 왜 태어났을까? 그런 생각은 친부모에 대한 애증, 양부모에 대한 분노, 그렇게 나를 내버려둔 하나님에 대한 원망으로 이어졌고, 스스로를 괴롭혔습니다.

소노 아야코는 "인간은 10년 혹은 20년의 세월이 흐르게 되면 자신의 과거를 객관적으로 바라볼 수 있게 된다"라고 말하는데요, 저는 마흔을 2년 앞두고서야 저의 과거를 객관적으로 살펴보기 시작했습니다. 28살에 양어머니를 탈출했으니 딱 10년 만이에요.

저는 중고등학교 시절 애증, 분노, 원망이 가득한 삶을 살았습니다. 그래서 나 스스로를 자해했습니다. 자살하려고 칼로 손

목을 그은 적도 있고, 머리 두피가 훤히 보일 정도로 병적으로 머리카락을 매일 뽑기도 했습니다. 양어머니는 매일 저에게 "나가 죽어라" "차에 받혀 죽어라" "옥상에서 떨어져 죽어라" "달리는 차에 뛰어들어 죽어라" 하며 저주의 말을 퍼부었거든요. 지금도 머릿속에 메아리로 남을 정도로 오랜 시간 동안 같은 말을 들으며 살았습니다.

"중년은 용서의 시기이다. 과거를 용서하고 자신에게 상처를 준 사건이나 사람을 용서"한다는 말을 이해는 하지만, 사실 저는 아직 상처 준 사람이 용서가 안 돼요. 이미 여든이 넘은 양어머니, 양아버지… 지금 보니 초라한 노인이고 그들도 삶의 질곡이 많았던 불쌍한 사람들이라고 머리로는 이해하지만, 그들이 보낸 문자나 부재중 전화, 돈을 달라는 이야기를 들으면 어이가 없어요. 나에게 가장 힘들었던 관계는 부모님이고, 지금도 그래요. 아무리 노력해도 용서가 되지 않아서 제가 찾은 방법은 약간의 거리 두기입니다. 매달 용돈을 보내고 가끔 택배로 필요한 것들을 보내지만, 전화를 받거나 만나지 않는 식으로 약간의 거리 두기를 하고 있습니다. (그러고 보니 소노 아야코의 다른 책 중에《약간의 거리를 둔다》라는 책도 떠오르네요.)

지혜로운 사람들은 통제할 수 있는 것과 그렇지 않은 것을 잘 구분해 내는 사람이라는데, 저는 통제할 수 없는 관계를 정리하는 것이 왜 그리 힘들었는지요. 아마도… 스스로 통제할 수 있다고, 관리할 수 있다고 착각하고 저 자신을 과대평가했던 것 같아요. 저에게 집중하고 저에게 소중한 사람들에 집중하기도 바쁜 시간인데, 왜 그런 관계들에 끌려 다녔던 건지…. 이유를 곰곰이 생각해 보면 학대했던 부모이지만 저에게는 유일한 엄마 아빠였기에 학대 가해자임에도 불구하고 사랑받고 싶은 마음이 숨어 있었던 것 같아요.

그런데 사실 양아버지, 양어머니보다 더 미워했던 건 바로 저 자신이에요. 제가 너무 밉고, 싫고, 화가 났어요. 삶에 일어난 모든 일이 제 탓인 것 같았거든요. 친부모와 같이 살지 못하는 것도, 입양된 것도, 학대받은 것도, 사랑받지 못하는 것도 다 저의 탓 같아서 스스로가 너무 싫었습니다.

그런 저의 지난 삶을 수용하기 시작한 것은 38살부터입니다. 의식적으로 노력하고 있어요. 저의 삶에 일어난 모든 일이 제 탓이 아니고, 그냥 일어났던 일일 뿐이고, 운이 나빴을 뿐이고, 저의 잘못이 아니라고 받아들이자고 생각하니까 조금씩 자유로워지는 기분입니다. 좀 더 일찍 그 말을 스스로에게 해 주었더라면 참 좋았겠다는 생각이 들어요.

온전히 용서할 수 있는 힘이 생겼으면 좋겠습니다. 다른 누군가가 아니고 나 자신을 온전히 용서하고 싶어요. 아무것도 할 수 없고, 힘도 없고 작은 여자아이였던 어린 시절의 '나'를요. "용서할 줄 아는 힘을 가지고 있지 않은 사람은 사랑할 줄 아는 힘도 가지고 있지 않다." 마틴 킹의 말처럼 되지 않으려면, 나를 온전히 용서하고 나를 사랑할 수 있는 힘을 가지고 싶어요. 그래서 저는 마흔의 숙제로 '용서'를 골랐어요.

여러분은 누군가를 용서해 본 경험이 있나요?
아니면 저처럼 아직 용서하지 못했지만, 용서해야 할 사람이 있나요?

마흔 노트

> 저는 아직 용서할 용기가 나지 않아요.
> 이런 저에게 해 주고 싶은 이야기가 있으신가요?

_____

_____

_____

_____

_____

> 여러분에게 마흔의 숙제가 있다면 무엇인가요?

_____

_____

_____

_____

_____

마흔은 함께

《두 번째 산》 (데이비드 브룩스, 부키, 2020)

책 전면 표지에 "삶은 혼자가 아닌 함께의 이야기다"라는 글이 크게 쓰여 있습니다. 저자는 주변 세계와 조화를 이루며 함께 잘 살아가기에 대해 말합니다. "우리는 대부분 인생을 살면서 네 가지 커다란 헌신의 결단을 한다. 직업에 대해, 배우자와 가족에 대해, 철학이나 신앙에 대해, 그리고 공동체에 대해"라고 말하는데, 이 중에서 '배우자와 가족'이라는 공동체에 대해 마흔 친구들과 이야기를 나누고 싶습니다.

정신과 의사가 예능 프로그램에 나와서 진료실에 가장 많이 찾아오는 나이가 40대라고 말하는 것을 들었습니다. 40대는 남편의 외도, 고부 갈등, 경제 문제, 자녀 문제 등 다양한 문제로 찾아온다고 합니다. 대부분 가족 관계의 문제인데요, 평범하게 살아가는 게 얼마나 힘든 시기인지요.

평균 수명이 길어지면서 결혼만큼이나 바람, 불륜, 이혼이 잦아졌습니다. 결혼 없이 동거, 사실혼이 점점 늘어날 것이고, 앞으로는 평생 같이 사는 파트너가 5명은 될 거라는 글을 읽은 적이 있습니다. 어느 날 아이들이 물어봅니다. "아빠네 할머니, 할아버지는 양평에 같이 사는데 왜 엄마네 할머니는 장위동에 살고 할아버지는 의정부에 살아?" 아무렇지 않은 척하며 "응, 싸워서 그래"라고 대답했습니다. 제 말을 듣고 아이 둘이 엄청 크게 웃더니, "하하하! 싸웠는데 왜 따로 살아?"라고 다시 묻습니다. "응, 너무 심하게 싸워서 절교했어. 그걸 이혼이라고 불러. 너무 크게 싸웠는데 서로 화해를 안 해서 그래"라고 또 대답했습니다. 아이들은 이혼을 왜 하는지, 어른들인데 왜 싸우고 화해를 안 하는 것인지 여전히 이해가 안 된다는 듯 갸우뚱해합니다.

저에게 가족은 '애증'의 관계였습니다. 친부모님은 누구인지 모르고 양부모님은 저에게 상처만 주었어요. 저는 빨리 결혼해서 나의 가족을 만들고 싶었습니다. 저는 양어머니로부터 탈출해 남편과 결혼하고 나서 처음에는 정말 믿어지지가 않았습니다. 자다가 맞을 것을 걱정하지 않아도 되고, 매일 욕을 듣지 않아도 되는 새로운 삶이 시작되었으니까요. 하지만 저를 괴롭히던 것들이 사라지자 바로 그 자리를 '삶'이라는 현실이 대신했습니다.

폭력을 피해서 도망치면 행복해질 줄 알았는데, 맞벌이 워킹맘의 삶을 살다 보니 '나를 잃은 시간'을 경험하게 되었습니다. 결혼 전에는 양부모님을 돌보느라 아이인데도 어른아이처럼 살았습니다. 결혼하고 나서는 남편과 두 아이를 돌보느라 나를 돌보지 못했습니다. 습관적 돌봄 때문에 나를 잃어버렸더니, '내가 지금 왜 살고 있지?' 삶에 회의가 들었습니다. 밥맛이 없고 잠도 오지 않아서 불면증이 오고, 살이 빠지고, 탈모가 왔습니다. 그때 제 마음은 "지쳤다. 슬프다. 힘들다. 숨고 싶다. 짜증난다. 울고 싶다"라는 부정적이고 암울한 절망으로 가득했습니다. 그때는 해결책이 이혼밖에 없다고 생각했습니다. 이 집을 벗어나면 모두 해결될 거라는 생각이 들었죠. 순간순간 숨이 턱턱 막혀서, 집을 뛰쳐나가지 않고 있는 것만으로 저의 책무를 다하고 있다고 느꼈습니다.

잠은 안 오고 삶은 답답하고 넋두리할 친정도, 친구도 없어서 밤마다 책을 읽기 시작했습니다. 나를 괴롭히는 가족에 대한 책, 직장에 대한 책, 육아에 대한 책, 마음에 대한 책을 손에 잡히는 대로 읽었습니다. 이런 책 저런 책을 마구 읽다 보니, 해결책이 아니라 원인을 찾게 되었습니다. 이혼은 해결책이 아니었고, 문제의 원인은 바로 나였다는 것을요. 한 번도 살펴보지 못했던 어린 전안나, 어른아이로 살아야 했던 어린 나를 다시 찾아내서 그 마음을 돌아보며 스스로 위로가 필요했던 거죠. 그

걸 깨달은 이후로 나를 잃지 않기 위해 노력하며 살아가고 있습니다.

40대의 최고 인맥은 배우자라는 말이 있던데, 동의하시나요? 우리나라 이혼율이 50퍼센트에 육박해서 OECD국가 중 상위권이라는 신문 보도를 보다 보니 이런 상황에서 아직 결혼생활을 유지한다는 것만으로도 아주 큰 축복이라는 생각이 들어요. 어느 날 남편과 이런저런 이야기를 하다가 "우리는 참 평범한 것 같아. 결혼하고, 아이 낳고, 맞벌이하고, 집 있고, 양가 부모님도 살아 계시고, 가족 중에 아픈 사람이 없는 이런 평범함이 참 어려운 시대인데, 감사하다"라고 했습니다. 정말, 평범함이 가장 어렵고 소중한 시대가 되었습니다. 이 '평범함'을 유지하기 위해서 제가 할 것은 무엇이 있을까 생각해 봅니다.

최근 한 가지 반성을 하게 됩니다. 요즘 남편에게 자꾸 정색을 하게 되네요. 결혼 전엔 재치 있고 웃기고 재미있었던 남편인데 이제는 아재 개그를 합니다. 40대 후반이니 아재가 맞긴 하죠. 남편의 아재 개그에 자꾸 썩은 미소를 짓게 되는데, 앞으로는 좀 더 너그럽게 웃어 줘야겠습니다.

삶은 혼자가 아닌 함께이고, 이 평범함을 저는 오래 유지하고 싶으니까요.

마흔 노트

여러분은 백년해로가 가능하다고 생각하시나요?
불가능하다고 생각하나요? 이유는 무엇인가요?

나에게 소중한 '공동체' 혹은 '관계'는 무엇인가요?

마흔과 아픈 몸

《아픈 몸을 살다》(아서 프랭크, 봄날의책, 2017)

마흔을 생각하면 가장 걱정되는 것이 건강입니다. 어느 날 잠을 자고 일어나니 오른쪽 팔이 위로 올라가지 않습니다. 팔을 아무리 올려 보려 애써도 가슴 아래까지가 최선입니다. 밥을 먹으려고 숟가락을 뜨는데 입까지 닿질 않습니다. 팔이 똑바로 펼쳐지지 않고, 앞으로 나란히 뻗어지지 않고, 손목이 잘 돌아가지 않습니다. 전날 무거운 짐을 1시간 동안 들었을 뿐인데 어깨가 결리더라고요.

뜨거운 팩으로 찜질을 하다 보니, 지금 건강하게 하고 싶은 것을 할 수 있는 이 시간이 언젠가는 당연하지 않을 거라는 걸 확체감합니다. 얼마 전 읽은 《아픈 몸을 살다》의 저자는 39살에 심장마비가 오고 41세에 암에 걸렸다는데요, 나도 이제 시작인가 싶어 겁이 납니다.

자신감은 어떤 일을 할 수 있다고 느끼는 자신의 느낌이라고 생각합니다. 마흔에 자신감이 떨어지는 이유는 정신보다는 체력에서 기인하는 요인이 큰 것 같아요. 이전까지 넘치는 체력에서 오는 '무엇이든 할 수 있다'는 자신감이 점차 발전하는 정신을 따라오지 못하고 의지와 다르게 나약해지는 때가 바로 마흔이 아닐까 싶어요. 예전엔 40대 직장인이 근무 중 혹은 퇴근 후에 갑자기 죽었다는 기사를 볼 때도 나와는 먼 이야기라고 생각했었는데, 마흔이 되고 보니 저의 이야기일 수도 있겠다는 생각이 듭니다.

제가 생각하는 마흔 이후 전안나의 삶에는 아픈 몸이 없습니다. 인지나 성격 면에서도 치매나 주책스러움, 심지어 꼰대가 되는 것도 계산에 없습니다. 나이가 먹어도 얼굴은 동안이어야 하고, 주름 없이 곱고 우아하게, 머리카락도 풍성하고 몸도 탄력 있는, 그런 중년을 생각했음을 《아픈 몸을 살다》를 읽고서야 알았습니다. 갑자기 팔을 못 움직이게 되면서 이제는 건강 관리를 해야겠다는 생각이 듭니다. 책으로 정보를 접하는 '먹물'답게 여러 전문가들이 쓴 책을 읽으니 제가 해 볼 수 있는 방법은 세 가지 정도로 요약됩니다. 첫 번째는 땀이 날 정도로 운동을 하고, 두 번째는 영양제를 챙기고, 세 번째는 몸에 좋은 음식을 적게 먹는 소식 실천입니다.

굳이 책을 찾아보지 않아도 이 세 가지 모두 모르는 내용은 아니지만 실천이 문제입니다. 그동안 열심히 사는 데 바빠서 한번도 운동을 제대로 해 본 적이 없습니다. 헬스장이나 필라테스 같은 곳에 등록해 본 적도 없고, 영양제도 먹지 않았습니다. 그런 것은 제 삶에 사치라고 생각했었습니다. 맞벌이 워킹맘의 삶이 힘들어서인지 아이를 낳고서도 아가씨일 때보다 살이 쭉쭉 빠졌습니다. 물론 출산의 흔적으로 뱃살은 생겼지만 몸무게가 결혼 전과 비슷해서 그걸로 위안을 삼고 넘어갔는데, 작년부터 갑자기 몸무게가 늘어납니다. 여성 호르몬 작용의 변화로 이전과 동일하게 먹어도 한 달에 100그램씩 몸무게가 늘어난다고 하네요. 역시 몸은 저보다 먼저 마흔, 중년이 되어가는 것을 알고 있는 것 같습니다.

아이를 낳고 산후 우울증이 왔을 때, 직장을 다니다 소진이 왔을 때, 사람들의 조언에 따라 마라톤에 도전해 보았습니다. 완주는 했지만 감흥도 없고 재미도 없었습니다. 그래서 주변 사람들을 따라 등산을 다녀보았습니다. 역시 힘만 들고 별 재미가 없었습니다. 등산과 마라톤 다음은 걷기라고 해서, 다양한 둘레길을 걸었습니다. 걷기는 힘은 들지만 저에게 맞는 운동이었습니다. 걸으면서 생각이 정리되고, 마음이 차분해지고, 집필 아이디어가 떠오릅니다. 그렇게 찾은 걷기는 저의 유일한 운동이 되었습니다. 38살부터 시작한 매일 걷기가 이제는 일상이 되었습니다. 처음에는 7천 보 걷기도 힘들었는데 이제는 하루 1만 보는 거뜬합니다. 출근길과 퇴근길을 걸으니 7천 보, 회사에서 업무 중 계단으로 다니면 3천 보. 그렇게 따로 시간을 내지 않아도 하루 1만 보는 걷는 방법을 찾았습니다. 나중에 산티아고 한 달 걷기를 해 보고 싶어요. 제 핸드폰에는 산티아고 준비물 목록들이 저장돼 있습니다. 언젠가 이 목록대로 짐을 싸서 떠날 날을 기대해 봅니다.

"나이가 든다는 것은 계속해서 무언가를 잃는 것"이라고 실버스톤 박사가 말했습니다. 좀 덜 잃어버리기 위해서라도 생각을 고쳐먹고 운동을 시작해야겠어요. 누구보다 소중한 저를 위해서요. 아직 돈을 들여서 운동해 본 적이 없는데, 이제 시작할 때가 된 것 같아요. 전철역 입구에서 받아 자연스럽게 쓰레기통에 버렸던 전단지를 유심히 들여다봅니다. 필라테스, 헬스, 골프, 요가, 세상에 수많은 운동 중에서 저에게 잘 맞는 운동은 무엇일까요?

저, 지금 운동 등록하러 갑니다!

마흔 노트

마흔이 돼서 체력이 떨어지고 건강이 안 좋아진다고 느낀 적이
있나요? 언제 어떤 순간에 그렇게 느껴졌나요?

_____

_____

_____

_____

_____

전문가들이 말하는 운동, 영양제, 소식 중 무엇을 하고 있나요?

_____

_____

_____

_____

_____

마흔과 성공

《심리학자가 들려주는 우아하게 나이 드는 법》(우에키 리에, 유노북스, 2021)

우에키 리에는 10대부터 70대까지 다양한 연령대의 사람을 상담해 본 경험이 있는 심리학자이면서 임상심리사입니다. 그녀가 쓴 《심리학자가 들려주는 우아하게 나이 드는 법》은 삶에 대해 전체적인 시각을 갖게 해 주는 책입니다. "어떻게 생각하고 행동하면 행복하게 나이 들 수 있는가?"라는 질문에 저자가 말하고자 하는 핵심 포인트는 '성공적인 나이듦 이론'입니다. 저자는 성공적인 나이듦이란 "나이가 들수록 행복해지는 힘"이라고 정의합니다.

그동안 에이징 aging이 들어가는 단어를 안티 에이징 Anti-aging만 생각하고 살았는데, 석세스풀 에이징 successful aging이라는 단어가 훨씬 매력적으로 다가오는데, 혹시 저만 그런가요? 노화 방지를 위해 얼굴과 몸에 각종 시술을 하고 돈을 쓰는 노력이 어찌 보면 인간의 본능이라고 할 수 있지만, TV 속 연예인의 과도한 노력은 오히려 우스꽝스러운 모습으로 비치기도 합니다. 얼굴 엔 주름이 하나도 없는데 목과 손등 주름은 감출 수가 없네요. 그래서 우아하게 나이 들며 행복해지는 힘을 말하는 '성공적인 나이듦 이론'이 오히려 자연스럽게 다가옵니다.

나이가 들수록 사람은 정신력이 쇠퇴하는 것이 아닙니다. 나이 가 들수록 비로소 나다움이 무엇인지 알 수 있고, 인생의 충실 감이 무엇인지 깨닫게 되고, 자아를 실현하기 위해 앞으로 나 아갈 수 있습니다. 어떻게 하면 성공적으로 나이 들 수 있고, 어 떻게 하면 나이 들수록 행복해질 수 있는지 비법을 알려 줄 것 만 같아 저자의 말에 솔깃해집니다.

저자는 10대부터 70대까지 연령별 특징과 과업을 알려 줍니 다. 10대부터 30대까지는 "A는 B이다"처럼 간단함을 추구하 는 사고 습관을 가지고 사는 시기입니다. 30대부터는, 특히 35 세부터의 과제는 나뿐만 아니라 타인에게 관대해지는 것이 중 요합니다.

40대는 인생의 정오라고 불리는데요, 나 자신과 깊이 마주하 는 때이고 자아 탐색의 여행이 완성되는 시기로, 자신이 있어 야 할 곳이 어디인지가 명확해집니다. 50대는 이혼과 재혼이 늘고 자살 시도자가 가장 많은 시기입니다. 과감하게 기존의 방식을 파괴하고 재구축할 것인지, 스스로 인생을 단절시켜 파멸할 것인지에서 삶의 차이가 생겨납니다. 50대에 체득해야 하는 마음은 느긋함과 부드러움으로, 온화한 체질로 바뀌어야 합니다.

60대는 다른 사람 혹은 반려 동물과의 정신적인 관계, 연애, 우정, 동경, 친밀감, 그리움, 사랑이 얼마나 풍부한가가 중요합니다. 이런 정신적 관계는 60대의 성공적인 나이듦과 깊은 관련이 있습니다. 70대는 사회적 역할로부터 해방되고 정신적으로 편안해지는 시기로, 성공적인 나이듦의 열쇠는 가족을 넘어선 타인과 맺는 관계의 질에 있습니다. 80대, 90대 이상의 후기 고령기에는 자기실현 능력이 꽃피게 됩니다.

이렇게 나이대별로 살펴보니 연령별로 어떤 과정을 거쳐 우리가 성장하는지 알게 되어 한결 마음이 편해졌습니다. 눈이 밝아지는 느낌도 듭니다. 인간이란 한 단계씩 성장하는 존재이고, 어떻게 한 단계씩 성장하는지 모범 답안을 제시해 주는 기분이랄까요? 또한 나이 든다는 것이 반드시 나쁘기만 하지는 않고, 중년기와 고령기나 후기 고령기가 되어서야 생기는 능력도 있구나 싶어서 오히려 기대감마저 생깁니다. "내 인생의 주인공은 나이고, 인생을 살며 새로운 나를 가능한 많이 만난 사람이 되어야 한다. 인생이 자연스럽게 바뀌는 것이 아니라 스스로 자신을 바꿔야만 한다"는 저자의 당부도 손으로 따라 적으며 기억하려 합니다.

지금까지 살아온 지난날은 나의 의지보다는 부모님과 태어난 환경에 영향을 받고 살았지만, 마흔부터의 자신의 얼굴에 책임을 져야 하는 나이이죠. 나이 드는 방식에는 제법 개인차가 있다고 생각하니 더 잘 준비해야겠어요.

《나이듦에 대하여》에는 의예과 학생들에게 '노인'이라는 단어와 '어르신'이라는 단어로 말했을 때 각각 어떤 생각이 떠오르는지를 실험한 내용이 나옵니다. '노인'이라는 단어에는 우울함, 답답함, 꼬장꼬장함, 궁상맞음 등의 연상어가 떠올랐지만, '어르신'이라는 단어 뒤에는 지혜로움, 존경, 리더십, 경험, 재력, 지식 등의 연상어가 떠올랐습니다.

이 책을 읽으면서 '내 인생을 볼품없이 만들 것인지 우아한 모습으로 그리며 살 것인지는 지금부터 내가 어떤 마음가짐으로 사느냐에 달렸구나' 하는 생각에 용기를 얻습니다. 나의 50세, 60세, 70세가 우아하게 나이 들어가는 '어른'의 모습이길 기대합니다.

마흔 노트

마흔은 인생의 정오라는 말에 대해 어떻게 생각하시나요?

_____

_____

_____

_____

_____

성공적인 나이듦이란 나이가 들수록 행복해지는 힘이라고
정의하는데요, 내가 생각하는 성공적인 나이듦이란 무엇인가요?

_____

_____

_____

_____

_____

마흔의 자산

《100세 인생》(린다 그래튼 외, 클, 2020)

20대와 30대를 처음 맞이했을 때 어떤 마음이었나요? 저는 20대엔 드디어 내가 성인이 되었구나 싶었습니다. 서른이 되면 성숙한 어른이 되어 있을 것 같았고, 마흔이 되면 제 역량이 더 커져 있을 것 같았어요. 그런데 막상 마흔이 되고 나니, 여전히 삶이 서툴다는 것을 느낍니다. 직장에선 사장과 직원들 사이에 끼여 있는 중간관리자이고, 개인의 삶에서는 자아실현도 하고 싶고 사회적 역할도 잘하고 싶고, 엄마로서도 잘하고 싶어서 종종거리고 있더라고요. 아직도 며느리 노릇은 여전히 어렵고, 자식도 남편도 부모도 제 뜻과는 다르네요.

의미 있게 나이 들고 싶은 건 모든 사람들의 희망 사항이지요. 노년기에 대한 책을 읽으니, 죽을 때까지 의미 있는 일을 하는 것이 중요하다고 강조합니다. 그런데 요즘처럼 명퇴, 사오정, N

포세대가 많은 시대에 죽을 때까지 의미 있는 일을 하는 것이 가능할까요? 제가 100세가 되도록 살 수 있을지 없을지도 알 수 없지만, "이 책의 독자 중 50세 미만인 사람은 100세 인생을 준비해야 할 것이다"라는 말을 읽으니 준비를 안 할 수는 없을 것 같아요.

인생을 살다 보면 불확실성의 범위가 엄청나게 늘어나기 때문에 인생의 막바지에 대한 계획을 세우는 것뿐만 아니라 인생 전반을 재설계하는 것이 필요하다고 저자는 강조합니다. 우리는 무엇을 어떻게 재설계해야 할까요? 다른 책에서는 100세 삶을 말할 때 신체 노화, 경제 문제를 주로 말하는데 반해, 이 책의 저자는 '무형의 자산'을 강조합니다. '무형의 자산'은 우정, 지식, 건강, 신뢰 관계에 있는 동료 평판, 심리적 안정 등을 뜻합니다. 이것은 성공적인 노년을 위해 매우 중요한 자산입니다.

시아버님의 친구 분께서 얼마 전 돌아가셨습니다. 시아버님께서 조문을 다녀오시더니 "이제 고스톱은 끝이네" 하시더라고요. 정년퇴임하신 후로 20여 년간 한 달에 한 번씩 네 명의 친구들 집에서 돌아가면서 고스톱 모임을 했다고 합니다. 그 멤버 중 한 분이 돌아가셔서 이제 고스톱을 칠 일이 없다는 뜻이었어요. 다른 친구를 불러서 하셔도 되지 않냐는 며느리의 말에 고스톱도 마음에 맞는 사람들과 쳐야 재미있고, 고스톱이 목적이 아니라 친구를 만나려고 가졌던 모임이라는 말에 어떻게 위로를 해야 할지 모르겠더라고요. 시아버님께서는 상심한 표정으로 돌아앉으셨어요. 놀이인 고스톱도 마음 맞는 오랜 친구와 하고 싶어 하는 것은, 나이가 들수록 편안한 친구를 만나기 어렵다는 것을 보여 주는 말씀이신 것 같아요. 이렇듯 성공적인 노년을 위해서는 신뢰 관계가 있는 소규모 네트워크가 중요합니다. 오랜 시간을 두고 투자하여 얻을 수 있는 평판처럼 말이죠.

저자는 노년기에 필요한 '자산'을 세 가지로 구분합니다. 생산자산, 활력자산, 유형자산. '생산자산'은 평판, 동료 집단, 지식을 말합니다. '활력자산'은 친구 관계, 건강, 균형 잡힌 생활을 말하고, '유형자산'은 집과 돈을 말합니다.

생산자산	활력자산	유형자산
평판 동료 집단 지식	친구 관계 건강 균형 잡힌 생활	집 돈

그동안 저는 유형자산인 집과 돈을 중심으로 노후 준비를 생각했어요. 은행 빚을 내서 집을 사고 매달 열심히 빚과 원금을 갚았습니다. 집 대출이 35년 상환인데, '35년 동안 직장에 다닐

수 있을까' 하는 생각에 겁이 나서 직장에 다니면서 강사도 하고 책도 쓰면서 N잡러가 되었습니다. 이제 2년만 더 넣으면 국민연금 20년 납입이 되니 최소한의 생활비는 확보했고 보험으로 노후 준비를 다 했다고 생각했는데, 돈으로 살 수 없는 생산자산과 활력자산을 놓치고 있었습니다.

저는 직장에서나 집에서나 늘 사람들에게 둘러싸여 있다 보니 사람들이 없어서 외롭고 힘들기보다는 혼자 지내는 것이 편하다고 생각하면서 살았습니다. 그런데 시아버님의 뒷모습을 보니 성공적인 노후 준비를 위해서는 신뢰 관계가 형성된 소규모 네트워크인 동료 집단, 친구 관계가 정말 중요하다는 충고가 머릿속을 맴도네요. 길어진 인생을 생산적으로 살기 위해서는 유형자산뿐만 아니라 생산자산과 활력자산이 필요하다는 것을 이제라도 알게 되어 다행입니다. 연금이나 보험 같은 유형의 자산뿐 아니라 평판, 동료, 지식, 친구, 건강, 균형 잡힌 생활 같은 무형의 자산도 잘 준비해야겠습니다.

그 무형의 자산이 저에게만 의미 있는 자산이 아니라, 상대방에게도 의미 있고 신뢰 있는 자산이 되기 위해서 제가 먼저 좋은 사람이 되어야겠다는 생각을 하게 됩니다. 이전까지 신경 쓰지 못했던 후배도, 선배도, 동료도 먼저 돌아볼 수 있는 마흔이 되어야겠어요.

마흔 노트

마흔이 되니 생각나는 사람이 있나요?

_____

_____

_____

_____

_____

여러분이 준비한 유형자산과 무형자산은 무엇인가요?

_____

_____

_____

_____

_____

마흔은 청년기

《100세 수업》 (EBS [100세 쇼크] 제작팀, 월북, 2018)

마흔에 대한 책을 읽다 보니, 저도 모르게 100세 관련 책들을 읽고 있습니다. '내가 100살까지 살겠어? 100살까지 살고 싶지 않아'라는 마음으로 그동안 애써 외면했던 책들입니다. 그동안 우리 모두가 나이를 먹어가고 있는데도 마치 나와는 상관없는 먼 미래의 일이라고 여기며 살았었나봅니다.

《100세 수업》에 이런 내용이 나옵니다. 시간이 얼마 남지 않았다고 생각하는 사람은 자신이 원하고 좋아하는 것에 대해 생각할 여유가 없습니다. 반면에 시간이 천천히 흐르고 생각보다 많이 남았다고 생각하는 사람은 자기가 뭘 좋아하는지, 어떤 것을 해야 의미가 있을지를 생각한다고요. 그래서 좋아하는 것부터 하기 마련이라고 합니다. 그 내용을 읽으면서 제가 지금 당면한 마흔만이 아니라 인생을 길게 100세까지 장기적으로

봐야겠다고 생각했습니다.

2015년 UN의 100세 시대 생애주기별 연령으로 알려진 구분을 살펴보면 마흔은 아직 청년기입니다.

0~17세	미성년자 ungerage
18세~65세	청년 youth
66~79세	중년 middle-aged
80~99세	노년 senior
100세~	장수노인 long-lived elderly

기존 우리의 인식으로는 20대가 청년, 40대는 중년, 60대는 노년이었는데요, 65세까지가 청년이고 65세 이후가 중년이라는 표를 보니 그동안 평균 수명 70~80대에 맞춘 삶의 계획이 적합하지 않았다는 생각이 듭니다.

양아버지는 제가 초등학교 6학년이었던 1993년에 사업이 망하면서 은퇴를 했고, 그때부터 지금까지 30년간 백수로 살고 있습니다. 1990년대 초반 양아버지의 나이는 50대였습니다. 다시 무언가를 시작했어도 30년을 할 수 있었을 텐데 인생의 반을 낭비한 셈이죠. 양아버지는 이러다 몇 년 있다 죽을 거라고 생각했던 게 아닐까 싶어요. 70세가 넘어가니 그제야 "그때

바로 다시 시작했어야 하는데…"라고 후회하시더라고요.

《100세 수업》은 EBS [100세 쇼크] 제작진이 100세인들을 찾아가서 그들의 삶을 객관적인 관점에서 세밀하게 들여다보는 형태로 구성되어 있습니다. 책에는 100세인들의 생생한 모습이 담겨 있습니다. 이 책을 읽으니 저 역시 노년기에 대해 많은 오해를 했었다는 걸 알게 되었습니다. 저는 100세가 되면 누구나 다른 사람들의 도움을 받으며 같이 살고 싶어 한다고 생각했는데, "100세가 되어도 누구의 도움을 받지 않고 혼자 살아갈 수 있길 바라는 이들이 더 많다"고 합니다.

또한 "100세의 독립생활에는 깨끗한 공간보다 에너지 소비를 최소화하고 낭비하지 않을 수 있는 지저분한 공간이 훨씬 더 안정감을 준다"는 조사 결과도 제가 생각하지 못했던 노년기에 대한 이미지입니다. '사회복지사로 20여 년 일한 내가 이렇게 편견이 많았나?'라고 생각을 해 보니, 나이듦에 대한 편견은 개인의 문제가 아니고 우리 문화 안에 있습니다. "사회적 약자들의 삶은 쉽게 획일화되어 스테레오 타입으로만 알려진다"는 말처럼, 사회적인 나이가 같다고 같은 생활 방식을 가지는 것이 아닌데, 그동안 너무 획일적으로 나이를 받아들인 것 같습니다. 생산성과 젊음의 가치, 효용성을 중시하는 자본주의 사회에서 노인은 무용하고 비생산적인 존재로 인식이 됩니다. 이것은 사회주의 사회에서도 마찬가지겠죠?

100세까지 사는 것은 선물일까요, 저주일까요? 100세 인생이 저주가 아닌 선물이 되려면, 노년기가 길기만 한 게 아니라 의미 있어야 한다는 점에 모두 동의할 것입니다. 희망이 없는 삶은 영원한 형벌이니까요. 최근 조사 결과 100세까지 수명이 연장되는 것을 축복이라고 생각한다는 답변은 28.7퍼센트에 불과하대요. 이런 인식은 노인 편견, 노인 혐오, 노인 학대라는 인권 침해로 치닫게 됩니다. 우리도 언젠가는 노인이 될 것인데, 노년기라는 하나의 프레임 안으로 획일화할 수 없는 개별적인 존재임을 잊고 살아서 생기는 사회 문제이죠.

한 조사에서 젊은 세대가 꼽은 '잘 늙음'의 기준이 '노인의 웃는 얼굴'이라고 합니다. 노인의 웃는 얼굴은 긍정적인 노년의 이미지라는 것이죠. 그런데 웃는 얼굴은 하루아침에 만들어지는 것이 아닙니다. "노인은 늙은 결과가 아닙니다. 살아온 것의 결과입니다"라는 말처럼 노인의 웃는 얼굴은 저절로 생기는 것이 아니지요. 웃는 얼굴로 잘 늙기 위해 오늘부터 잘 웃는 마흔 청년이 되어야겠습니다.

자, 마흔 청년이여 스마일~

마흔 노트

100세를 사는 것은 선물이라고 생각되나요,
저주라고 생각되나요?

_____

_____

_____

_____

_____

어떤 어른으로 100세를 맞이하고 싶으신가요?

_____

_____

_____

_____

_____

마흔의 패러다임

《서드 에이지, 마흔 이후 30년》 (윌리엄 새들러, 사이, 2015)

작가 윌리엄 새들러는 '마흔 이후의 새로운 성장과 발달'이라는 주제를 연구하는 교수입니다. 하버드대학교 성인발달연구소에서 중년 남녀 200여 명을 인터뷰하고 그중 50여 명을 12년간 심층 추적하여 마흔 이후 그들의 삶이 어떻게 변해 가는지 살펴본 장기 연구를 이 책에 담았습니다. 저자에 따르면 인생에는 네 개의 연령기가 있다고 말합니다. 태어나서 20대까지가 1대 성장하는 연령기, 20대부터 30대까지가 2대 청년 연령기, 그리고 40대부터 70대까지가 3대 전성기 연령기, 그리고 70대 이후가 노후인 4대 연령기라고 말이죠.

40대부터 70대까지 사람들을 12년간 취재하면서 기존의 낡은 프레임, 즉 40대부터는 중년으로 꺾이는 시대이고 노후라는 생각을 버리고, 새로운 마음으로 중년을 준비해서 새로운 성장기를 맞으라고 말합니다. "대체 왜 우리는 나이 역할놀이에 사로잡혀 살아야 하는가"라고 호통 치는 것 같습니다.

마흔부터 중년이고 노후이고 성장이 끝난다고 생각하면 정말 그렇게 늙어가게 되지만, 마흔부터 두 번째 성장기라고 생각하면 새로운 전성기를 맞이할 수 있다는 저자의 이야기를 읽으면서 마음이 시원해짐을 느낍니다. 마흔은 비로소 삶이 무엇인지 알고, 사람도 알고, 일의 전문성도 있는 새로운 시작이라고 생각하니 희망이 생깁니다.

경험하지 않아서 생기는 막연한 두려움이 있습니다. 1999년에서 2000년으로 넘어오는 시점에 '세기말'이라고 해서 세상이 참 어수선했습니다. 사람들은 2000년이 되기 전에 밀레니엄이 오면 온 세상이 멸망할 것처럼 행동했어요. 하지만 1999년이 2000년이 되어도, 20세기에서 21세기가 되어도 어제와 오늘은 날짜 말고는 당장 바뀌는 게 없더군요. 그것처럼 39세에서 40세가 된다고 무언가 확 바뀌는 건 아니더라고요.

마흔에 대한 책들을 읽으면서 마흔이 좋아졌습니다. "저는 그 어느 때보다 적극적인 삶을 살고 있고, 제 자신에 만족해요. 20대나 30대보다 지금 오히려 더 자신감이 충만해요. 지금 제 인생이 아주 마음에 들어요. 앞으로도 지금처럼 살았으면 좋겠어요. 지금이 제 인생의 전성기인 것 같습니다"라는 저자의 말처럼 저도 그렇습니다. 마흔이 되면서 삶이 안정적으로 바뀌는 느낌이 듭니다. 발을 세상에 좀 더 붙이고 사는 느낌이에요. 나에게 돌아갈 집이 있고, 매일 출근할 곳이 있고, 만날 사람이 있으니 세상 속에 소속되어 구성원이 된 느낌이에요. 그게 바로 나이가 주는 힘, 인생의 경험에서 오는 안정감이 아닐까 싶어요.

마흔 이후 두 번째 성장기를 맞이하기 위해 마음을 새로 먹어 봅니다. 마흔은 중년이고 노화가 시작되는 시기임을 인정하지만, 그럼에도 불구하고 나도 이전보다 노련하고 우아하게 내 삶을 주도적으로 살아갈 수 있다고 말이죠. 나이 들며 더 괜찮은 사람이 되기 위해서 "오늘 당신 자신을 위해서 무엇을 할 건가요?"라는 작가의 질문을 생각해요. 오늘 나를 위해 무엇을 했나 돌아보니 종일 일을 위해, 가족을 위해서만 살았구나 싶습니다. 일어나서 아이들의 아침밥을 만들어 두고 새벽같이 출근하고, 종일 일하다가 퇴근해서는 아이들 저녁밥을 차려 놓고, 숙제를 봐주고, 책을 쓰기 위한 책을 읽다가 아이들을 재우고 잡니다. 제가 좋아하는 사우나에 가본 지가 언제인지, 피로를 풀어 주는 마사지도, 좋아하는 맛있는 초밥을 먹은 지도 오래되었고, 목적을 갖지 않은 독서를 해 본 지도 오래되었네요. 아이들이나 가족을 위한 여행이 아닌 저를 위한 여행을 해 본 지가 언제인지… 이러다 저를 영영 놓치고 살게 될까 봐 걱정됩니다.

그동안 가장 중요하게 생각했던 삶의 자세는 성장과 변화, 도전이었는데요. 마흔 이후에도 이런 마음으로 살 거예요. 마흔 이후는 중년이라는 낡은 각본을 버리고, 지금이 내 인생의 전성기이고 어떻게 하면 전성기를 오래 유지할 수 있을지 새 각본을 쓰면서 살아갈 거예요. 성장과 변화를 위해 익숙해지지 말고, 당연하다 말하지 말고, 나 스스로를 합리적으로 의심하면서 늘 새롭게 도전할 수 있기를 바라봅니다.

매일 나에게 물어봐야겠습니다.
"오늘 나 자신을 위해서 무엇을 할 거니?"
"오늘 나 자신을 위해서 무엇을 했니?"

마흔을 맞아 그동안 안 해 본 것들을 해 보려고 합니다. 40년 만에 처음으로 해 보고 싶은 것이 있어요. 바로 머리 기르기! 너무 평범한가요? 중학교 이후로 단발머리를 고수해 온 저로서는 정말 큰 결심입니다. 손톱, 발톱도 못 기르고 바로바로 잘라 버리는 제 성격으로는 엄청난 도전인데요, 오늘부터 머리를 한번 길러 볼게요. 여러분은 무엇을 해 보실래요?

마흔 노트

마흔을 맞아 새롭게 시도해 보고 싶은 것은 무엇인가요?

_____

_____

_____

_____

_____

_____

오늘 나를 위해서 무엇을 했나요?

_____

_____

_____

_____

_____

마흔, 지금
책방

마흔, 지금을 잘 살고 싶어서 읽어요.

만약 지금 자신의 본모습이
보이지 않는다면 무엇보다 먼저
혼자만의 시간을 가져야 합니다.

《마흔이면 불혹인 줄 알았어》 (마스노 순묘)

마흔은, 생각해요

《노자의 도덕경》(노자, 최태응 역, 새벽이슬, 2011)

마흔은 생각이 많아집니다. 마흔을 앞두고 제 삶을 한마디로 말하면 안정과 불안정 사이 '정리 안 된 삶' 같다는 생각을 종 종 했어요. 안정을 추구하자니 남은 인생이 너무 길고 나는 아 직 젊은데, 하고 싶은 게 너무 많은데 하는 생각이 들고, 하고 싶은 대로 다 하고 살자니 무책임해져야 할 것 같고, 나 위주로 생각하자니 내가 책임져야 하는 것도 많아요. 부모, 직장, 결혼, 양육, 이사, 빚 상환, 집필 등등 하나하나 꼽아 보니 가벼운 게 하나도 없어요. 마음 딱 잡고 정리할 수 있는 것도 없고요.

마흔, 어떻게 살 것인가를 생각하다《노자의 도덕경》을 읽어 봅니다.《도덕경》의 원본격인 '노자서'는 5천여 한자로 된 작은 책입니다. 노자는 "지식을 밖에서 구하여 달리면 달릴수록 지 식은 위태로워진다"고 말합니다. 결국 우리 안에 답이 있고, 우리 안에서 길을 찾아야 한다는 말이죠? 지금처럼 안정과 불안정 사이에서 각자 자기만의 외나무다리를 걷는 게 인생인가 생각해 봅니다.

현실을 무시할 수 없는 마흔이지만, 그래도 마음속에 불가능한 꿈을 꾸는 사람이 되고 싶어요. 요즘 트렌드가 "열심히 살지 마!" "훌륭한 어른 되지 마" "이번 생은 망했어"처럼 대충 살라는 거여서, 준비하고 노력하고 열심히 사는 게 촌스럽다는 생각이 들지만 한 번뿐인 인생을 위해 '준비한 성장기'를 열정적으로 살고 싶어요.

성인이 되기 직전인 19살 때부터 어른이 되고 싶었어요. 생일이 빨라서 학교를 1년 일찍 들어가 친구들보다 주민등록증을 늦게 받으니 친구들보다 늦게 어른이 된 것 같았거든요. 20, 30, 40. 누구나 인정하는 어른인 나이가 되니 '성인'이라는 말에 내포된 책임과 의무가 더 무겁게 다가옵니다. 그동안 어른스럽게 결정하고 그 결정에 따라 책임과 의무를 하며 잘 살았다 자족해 봅니다. 40년이란 시간은 그냥 흘러간 것이 아니라 켜켜이 쌓여서 '오늘의 나'가 되었을 테니까요.

늦은 밤, 잠이 안 올 때면 '내가 왜 그랬을까' 지난 삶들을 돌아보며 자책하고 결정을 후회하는 때가 있습니다. 자괴감이 드는 반성의 시간은 불현듯 찾아와 저를 부끄럽게 만듭니다. 때론 어른인 것 같다가도 아닌 것 같으니 아직 어른이 되어가는 중인가 봅니다. 그런데 대통령 출마 기준을 보니 40세 이상이라는 나이 기준이 있네요. 정말 어른이 된다는 사회적 기준이 마흔이 맞는 것 같기도 하네요.

마흔을 가리키는 말로 '불혹' 그리고 요즘은 '사십춘기'라는 단어를 사용합니다. 불혹은 유혹에 흔들리지 않는 나이라는 뜻인데요, 그 반대로 사십춘기는 마흔 전후로 삶 전반에 대한 선택의 기로에 놓이며 흔들리는 마음을 표현합니다. 저는 오히려 유혹에 가장 흔들리기 쉬운 나이가 마흔이 아닐까 생각해 봅니다. 전보다 더 행동거지가 가벼운 느낌이고, 정신을 빼앗기는 일도 많아집니다. 두 번째 사춘기인 사십춘기는 어쩌면 마흔을 가장 잘 나타내는 말일지도 모르겠습니다. 두 번째 사춘기이니 첫 사춘기 때처럼 눈에 뵈는 것 없이 덤비지는 않겠지만, 미친 척 한 번 더 시도해 볼 수 있는 나이라는 뜻 아닐까요? 중2는 건들지 않는다는 말처럼 마흔도 건들지 말아요.

후회에는 두 가지 종류가 있어요. 한 가지는 한 일에 대한 후회, 또 한 가지는 하지 않은 일에 대한 후회인데요, 이중 더 후회하는 것은 두 번째 '하지 않은 일에 대한 후회'라고 해요. 저는 마흔을 돌아볼 때 하지 않은 일에 대한 후회를 하지 않기 원해요. 40대는 후회하지 않기로 마음먹었어요.

《노자의 도덕경》에서 노자가 말하는 '도'란 본래는 사람이 걸어 다니는 길이라는 뜻이었다고 합니다. 사람이 걸어 다니는 길, 즉 어떻게 살아야 하는가, 어떤 길을 걸어야 하는가라는 노자의 질문에 저는 "새로운 도전을 하는 무모한 사십춘기를 살고 싶다"고 대답하려고요. "후회가 꿈을 대신하는 순간부터 우리는 늙기 시작한다"고 지미 카터가 말했죠. 그동안 너무 조심조심 살아왔으니, 저의 마흔은 새로운 도전을 하는 무모한 사십춘기로 살고 싶어요. 무수한 생각을 정리하고, 오늘부터 시작해 보려고요.

명언 필사

후회가 꿈을 대신하는 순간
우리는 늙기 시작한다.

_지미 카터

후회가 꿈을 대신하는 순간

우리는 늙기 시작한다.

마흔을 표현하는 말 '불혹'과 '사십춘기' 중에
어느 것에 더 동의하시나요?

_____

_____

_____

_____

_____

_____

마흔은, 책을 읽어요

《책의 정신》 (강창래, 북바이북, 2022년)

마흔 즈음부터 책을 읽는 사람들이 늘어납니다. 서점에서 책을 가장 많이 사는 연령이 40대 여성이라고 하니, 단순히 저의 추측만은 아닌 것 같아요. 저에게 책이 의미 있어진 것은 2013년부터입니다. 일도, 가정도, 부부 사이도, 시부모님과의 관계도, 개인의 삶도 엉망진창이었던 2013년이 저에겐 인생의 암흑기였어요. 불면증이 와서 잠을 자지도 못했고 식욕이 없어서 같이 밥도 먹지 않았고, 죽지 못해 살았습니다. 그때 삶의 전환기, 터닝 포인트는 다시 책을 만난 것입니다. 직장을 다니고 아이를 키우면서 한동안 잊고 지냈던 책을 다시 읽게 된 것이 제 삶의 전환점이 되었습니다. 저는 살아남기 위해, 삶을 견디기 위해 책을 읽었습니다.

독서는 육아와 살림을 24시간 하며 스스로를 착취하던 올가

미에서 합법적으로 벗어날 수 있는 시간을 허락해 주었습니다. 세상을 잊는 진공 상태를 만들어 주었습니다. 책을 덮는 순간 저는 다시 독박육아에 찌든 워킹맘이라는 현실로 돌아와야 했지만, 책을 읽는 시간만큼은 그 속으로 빠져들었답니다. 그때의 황홀함을 잊을 수가 없어요. 오늘도 제가 책을 읽는 이유죠. 그때부터 시작해서 벌써 10년째 하루 한 권 책 읽기를 하고 있어요. 그러다가 만난《책의 정신》은 절판된 책을 중고 서점에 수소문해서 찾아서 읽은 책인데요, 지금은 개정판이 출간되었다니 반가운 마음입니다.

강창래 작가는 "이 세상 모든 책은 하나하나가 다 하나의 편견이다"라고 말했습니다. 저도 그 말에 동의하며, 그렇기 때문에 다양한 책을 읽어야 한다고 말하고 싶어요. 편견은 또 다른 편견을 만나면 스스로 무너지거나 확고해지기 때문입니다. 저는 여러 가지 책을 가리지 않고 읽는 것을 좋아해요. 하루는 역사, 하루는 문학, 또 하루는 인문고전 이렇게 마구잡이로 책을 읽습니다.

역사책을 읽고 있어요. "역사는 승자의 기록"이라고도 하지만, 그럼에도 과거를 되돌아보며 미래를 잘 살아가기 위해 다양한 역사책을 읽습니다. 히틀러에 의한 유대인 학살 관련 내용을 보고 많은 생각이 듭니다. 한 사람이 한 민족을, 수백만 명을 죽이는 것을 보면서 사람이라는 존재가 참 대단하고 무섭다는 생각이 듭니다. 그리고 그런 학살에 동조한 사람들은 어떤 사람들인지가 궁금하고, 죽음이 눈앞에 있는 상황에서 살아남은 희생자들은 어떤 생각을 하면서 살아갔을지 알고 싶어집니다.

다양한 세계문학을 읽어요. 저는 스스로를 100퍼센트 좌뇌형 인간이라고 판단할 정도로 감성이 부족하고 이성적인 사람입니다. 그동안 소설과 시 같은 문학을 잘 안 읽었어요. 그런데 박상우 소설가의 책에서 세계문학 30권 추천 목록을 발견하고, 천천히 읽고 있습니다. 저에게 소설과 시는 풀기 어려운 암호 같아요. 한 권 한 권 읽다 보면 언젠가는 그 맛을 알게 되겠지 하는 마음으로 천천히 문제 풀이하듯 읽고 있습니다.

인문고전을 읽어요. 인문학의 시작은 아테네 사람들이 전쟁을 통해서 부를 획득하고, 노예들에게 신체 노동을 전담시키면서 그로 인해 생겨난 남는 시간에 자유인들로서 학당에 모여 정신을 고양시키면서부터라고 합니다. 스티브잡스, 마크 저커버그, 일런 머스크도 본인뿐 아니라 자녀들 역시 인문학 공부를 하는 것으로 알려져 있습니다. 이지성 작가가 인문고전을 읽어야 한다며 추천한 90권의 책을 읽기 시작했습니다. 인문고전을 읽으면 놀라운 지혜를 만나기도 하지만 때로는 이미 잘 알고 있는, 너무나 교과서적인 이야기가 나옵니다. 그런데《책의 정신》

을 읽으면서 이 의문을 해소할 수 있었습니다. 강창래 작가는 인문고전은 읽는 것 자체가 아니라 그 책이 쓰인 시대의 상황을 이해하는 것이 중요하다고 말합니다. 인문고전은 몇백 년 전, 몇천 년 전에 쓰였지만, 21세기를 살고 있는 지금의 나에게 아직도 질문을 던져 주거든요. 그래서 질문을 만나러 오늘도 인문고전을 읽습니다.

정희진 작가님은 30대의 몇 년간을 도서관에서 책만 읽으며 보내는 시간을 가졌다고 합니다. 아, 진심으로 부럽습니다. 저도 그런 시간을 가져보고 싶습니다. 책을 읽고 싶어서 회사를 퇴사한다고 하면 사람들이 미쳤다고 하겠지요? 그렇지만, 지금 제가 가장 하고 싶은 것이 하루 종일 책만 읽으면서 사는 삶입니다. 최소 1년간은 아무것도 안 하고 도서관에서 책만 읽고 싶어요.

"오래된 고전을 제대로 읽어내기 위해서는 이처럼 학문을 연구하듯 읽어야 한다. 그래야 책에 먹히지 않고, 책을 먹을 수 있다"는 말처럼 책을 연구하듯 읽어서 책을 먹고 싶습니다. "진리가 너희를 자유케 하리라"라는 성경 말씀처럼 책으로 정신적인 자유를 느끼는 시간을 가져보고 싶어서 오늘도 책을 읽습니다. 40대에는 모든 일을 중단하고 도서관에서 1년 동안 살아볼 수 있을까요?

저는 살아 있는 도서관이 되고 싶어요. 상상만 해도 행복한데, 누군가에게는 감옥처럼 생각될 수도 있겠지요. 여러분은 어떠세요?

명언 필사

거인의 어깨에 올라서라.

_뉴턴

책에 먹히지 않고, 책을 먹을 수 있어야 한다는 말에 대해
어떻게 생각하시나요?

_____

_____

_____

_____

_____

_____

마흔은, 서재를 갖자

《아무튼, 서재》 (김윤관, 제철소, 2017)

마흔은 서재가 필요해요. 1929년 버지니아 울프가 '자기만의 방'을 말했지만, 저는 아직도 자기만의 방은커녕 제 책상도, 제 서재도 없어요. 여러 권의 책을 낸 작가이지만, 책을 쓸 때면 밥 먹었던 식탁을 치우고 써요. 아이들이 집에 있어서 시끄러울 때는 동네 카페를 캥거루처럼 옮겨 다니면서 쓰고요. 2천 권이 넘는 책이 있지만 제 책들은 아이들 책과 함께 거실에 겹겹이 쌓여 있네요.

와타나베 쇼이치가 말하길 "서재를 갖는 것이야말로 지적 생활의 출발점"이라는데, 마흔에는 저의 취향으로 가득한 공간-서재를 갖고 싶어요. 책장 4개와 책상과 의자만 있는 단출한 서재가 생겼으면 좋겠어요. 지금 읽으면 좋을 책, 추억이 있는 책, 앞으로 살아갈 날들을 위해 함께하고 싶은 책이 가득 담긴 책장을 상상해 봅니다. 거실에 아이들 책이랑 섞여 있는 제 책을 모두 다 꺼내서 다시 읽어 볼 거예요. 시간이 좀 걸리겠지만, 다시 읽어 보면서 제 서재로 출입을 허락할 책과 버릴 책을 엄격하게 심사하려고요.

첫 번째 책장에는 한 번만 읽어도 단물 빠지는 사탕 같은 책 말고, 읽을 때마다 더 진하게 우러나는 티백 같은 책을 꽂을 거예요. 잘 안 팔린 숨겨진 책, 절판된 책의 자리를 만들어서 주인공으로 만들어 주고, 책의 생명을 연장해 줄 거예요.

두 번째 책장은 한 칸 한 칸마다 작가 전용 책장으로 만들 거예요. 한 칸은 피터 드러커, 한 칸은 박완서, 한 칸은 박경리, 한 칸은 정희진, 한 칸은 다자이 오사무, 한 칸은 프리모 레비, 한 칸은 알랭 드 보통, 한 칸은 유발 하라리, 한 칸은 수잔 손택, 한 칸은 황현산, 또 몇 칸은 아직 만나지 못한 작가를 위한 자리로 비워둘래요.

세 번째 책장은 종교 서적과 인문고전으로 채울 거예요. 첫 줄은 《코란》, 《성경》, 《외경》, 《천주교 성경》, 《우파니샤드》, 《베다경전》, 《법구경》, 《화엄경》, 《금강경》 등 다양한 종교 서적을 넣을 거예요. 두 번째 줄에는 《오디세이아》, 《길가메시 서사시》, 《일리아스》, 《아이네이스》, 《셰익스피어 비극》, 니콜라이 고골,

비트켄슈타인이 쓴 서양 인문고전을 넣고, 세 번째 줄에는《허난설헌 시집》,《논어》,《삼국사기》,《삼국지》등 동양 인문고전을 넣을 거예요. 예수님 옆에 부처님, 그 옆에 알라, 그 아래는 셰익스피어, 그 아래는 허난설헌이라니… 생각만 해도 거인들이 눈앞에 서 있는 것 같아요. 거인의 어깨에 올라 세상을 보고 싶은 저의 소망이 묻어나는 책장입니다.

네 번째 책장은 사두고 안 읽은 책들을 넣으려고요. 저만의 신상 코너죠. 그 앞에 설 때마다 두근거릴 것 같아요. 한참 독서토론을 배울 때 한 달에 네 번씩 토론하던 때가 있었어요. 책을 읽고 토론할 질문을 만들고, 다음에 또 어떤 책으로 토론할까 이야기하면서 서로 좋은 책을 추천했어요. 추천받은 책을 손가락 바쁘게 온라인 서점 장바구니를 담는데, 어떤 분이 "나는 못죽을 것 같아요. 사두고 못 읽은 책이 너무 많아서요. 나 죽으면 못 읽은 책을 모두 넣어서 책과 함께 묻어달라고 하려고요. 책무덤이요"라고 한 말에 우리 모두 폭풍 공감하며 박장대소를 했어요. 네 번째 책장에는 샀는데 못 읽어서 죽지도 못하게 만들 만한 책으로 채우고 싶어요.

"독립된 인간은 반드시 자기만의 책상을 소유해야만 한다"는 저자의 말처럼 저만의 책상을 상상해 봤어요. 제 책상은요, 2미터짜리 긴 멀바우 책상으로 만들 거예요. 전면은 유리창으로

밖이 훤히 보이고, 양옆은 글쓰기에 집중할 수 있도록 칸막이나 책장을 세우려고요.

서재에는 전기포트와 핸드드립 커피세트를 놓을 거예요. 커피 원두와 수동 글라인더, 커피 서버, 여과지 한 뭉치, 드립 주전자를 두고, 서재에 들어오면 제일 먼저 핸드드립으로 정성껏 커피를 내려 마시고 글을 쓰고 책을 읽고 공부하고 싶어요. 책장, 그리고 책상 다음은 의자인가요? 가구 중에서 제일 중요한 게 의자라는데, 아직 거기까지는 생각을 못 해봤어요. 어떤 의자를 살지 지금부터 상상하고 상상하고 또 상상해 보려고요.

서재 이야기를 하다 보니 저의 독서 취향이 다 나와 버렸네요. 《아무튼 서재》를 보면 "타인의 서재를 본다는 것은 관음증의 영역에 속하는 행위가 분명하다" "난해하거나 매력적인 사람을 만날 때마다 나는 늘 그의 서재가 궁금하다"라는 문장이 있는데요, 맞아요. 다른 사람의 서재를 보는 것은 상대방의 마음을 들여다보는 것 같아요.

당신은 어떤 책장이 갖고 싶나요?
당신은 어떤 책상을 상상하나요?
당신은 어떤 의자를 구상하나요?
언젠가 당신의 서재를 공유해 주세요. 당신의 마음이 궁금합니다.

명언 필사

서재를 갖는 것은
지적생활의 출발점이다.

_와타나베 쇼이치

- -

내가 꿈꾸는 서재의 모습을 적어 보세요.

마흔은, 책을 써요

《책을 내고 싶은 사람들의 교과서》 (요시다 히로시, 다산4.0, 2016)

《책을 내고 싶은 사람들의 교과서》를 읽었다면 당신은 책을 좋아하는 사람이 분명해요. 책을 좋아하면 책을 쓰고 싶어지거든요. 마흔에는 누구나 책을 한번 써 보면 좋겠어요. "노인 한 명이 죽는 것은 도서관이 하나 사라지는 것"이라는 말이 있는데, 마흔이 넘은 사람들이라면 누구나 책 한 권 쓸 만한 이야기가 각자의 인생에 숨어 있다고 생각합니다.

책 읽기 좋아하는 아줌마였던 저에게 처음 책을 쓰도록 용기를 준 책이에요. 책을 어떻게 써야 할지 모르는 저에게 가이드북 역할을 해 준 책이고, 예비 작가에게 가장 추천하는 책입니다.

책은 "당신도 베스트셀러 작가가 될 수 있습니다"라는 말로 시작합니다. "좋은 책이란 읽는 사람이 행복해지는 것을 넘어 작가가 더욱 행복해지는 책"이라는데, 저도 책 쓰기로 인생이 행복해졌습니다. 인생이 한 단계 업그레이드되는 터닝 포인트가 되었습니다. 책을 쓰니 작가라는 직업이 생겼고, 책으로 강의하게 되었습니다. "책 쓰기는 최상의 자아실현이고 인정받고 싶은 욕구를 충족시켜 주는 수단이다"라는 저자의 말에 격하게 공감합니다.

남편과 시어머니에게 처음 인정받게 된 건 작가가 되면서부터입니다. 처음에는 못할 거라고 말리던 남편이 이제는 가장 적극적으로 지지해 줍니다. 제 앞에서는 내색 안 하시던 시어머니도 남편에게 전화를 걸어서는 "너는 전안나가 있어서 걱정이 없겠네. 직장도 다니고 강의도 하고 책도 써서 아이들에게 교육적으로도 좋다"고 말씀하셨다고 합니다. 아이도 "엄마, 나도 엄마처럼 책 읽고 책 쓰는 작가가 되고 싶어요"라고 말하고, 제가 일하는 분야에서도 "베스트셀러 작가 직장인"으로 소문이 나서 유명해졌습니다.

이런 저의 모습을 보면서 엄마들이, 직장인들이 "저도 책을 쓰는 게 버킷리스트예요" 하고 말합니다. 그러면, "저도 책 읽는 독자였어요. 책을 쓰고 싶어서 어느 날 갑자기 책 쓰기를 시작했어요. 우린 누구나 한 권의 책을 쓸 수 있어요"라고 대답합니다. 이 말에 고개를 절레절레 젓는 사람이 있는 반면에 방법을 물어보는 사람들도 있습니다.

사람들이 책을 못 쓰는 이유가 글쓰기 실력이 없다거나 시간이 없어서라고 생각하지만, 사실은 심리적인 힘듦이 더 큽니다. '내가 할 수 있을까?'라는 자기 능력에 대한 겸손함, "네가 책을 쓴다고?"라는 주변 사람들의 방해와 비아냥, 그리고 '내 글쓰기 실력에 대한 두려움'이 더 큽니다. 지금은 적극 지지하는 남편도, 제가 처음 책을 쓴다고 했을 때는 비웃었습니다. "책 좀 읽었다고 책 쓰면, 세상에 책 못 쓰는 사람 하나도 없겠네. 그런 거 하지 마"라고 말했습니다. 남편의 반응에 오기가 생겨서 힘들게 책 쓰기에 성공했지만, 책을 하나 썼다고 세상이 달라지는 것은 아닙니다.

아이를 키우며, 직장을 다니며, 강의를 하며 책 쓰는 것이 쉽지 않습니다. 처음 책을 냈을 때 신기해하고 주변 사람들에게 자랑했던 시어머니도 제가 계속 책을 쓴다고 하자 "이제 됐다. 고만 써라. 이제 애들 학원 어디 보낼지나 알아봐. 애들을 잘 키워야지 네가 계속 그런 거 하면 안 된다"며 말렸습니다. 같은 분야에서 일하는 직장 동료들도 "승진도 했는데, 이제는 본업을 좀 더 잘해야 하지 않겠어?"라고 말했습니다. 업무 시간에 책 쓰는 거 아니고, 애들 밥 안 해 주고 책 쓰는 거 아니고, 퇴근 후 시간과 주말에, 남들 술 마시고 놀거나 텔레비전 보는 시간에 책 읽고 책을 쓰는 건데 왜 다들 방해하는지 이유를 모르겠더라고요.

그럼에도 불구하고 1년에 한 권씩 책을 계속 쓰니 사람들의 반응이 또 달라집니다. 남편도 시어머니도 주변 사람들도 이제는 "다음 책은 언제 나와? 또 쓰고 있어? 또 계약했다며?"라고 물어봅니다. 사람들의 인식이 이렇게 바뀌기까지 저는 7년 동안 7권의 책을 썼습니다.

이런 외부 요인이 아니더라도 '세상에 글 잘 쓰고 유명한 작가와 교수들이 얼마나 많은데 내가 고작 이 정도 실력으로 계속 책을 써도 될지' 내적 갈등이 생깁니다. 국어국문학과나 문예창작학과 출신의 전공자, 교수, 박사들과 같은 전문가 사이에서 평범한 워킹맘인 내 글이 초라하다는 생각이 들 때도 있습니다. 정말 멋진 문장을 읽을 때면 감탄하면서도 동시에 내 글이 더없이 부끄러워지지만, '더 좋은 책을 쓰는 작가가 되고 싶다! 10년차에는 이런 책을 쓰는 작가가 되고 싶다!' 결심하게 됩니다. 교수님이나 박사님들이 할 수 없는, 나처럼 평범한 워킹맘 직장인만이 전할 수 있는 이야기가 분명히 있으니까요.

버킷 리스트에 '책 쓰기'가 있다면 마흔에는 꼭 시작해 보라고 말하고 싶어요. 문학소녀였다면 소설이나 어린이 동화작가에 도전해 보는 건 어떨까요? 책 읽기를 좋아한다면 독서법은 어떨까요? 직장인이라면 자기계발서는 어떨까요? 유별난 자녀를 키웠다면 육아서는 어떨까요? 남들과 다른 생각, 취향을 가지고 있다면 에세이는 어떨까요? "책을 쓰지 못하는 이유를 찾으려 하지 말고 책을 쓸 수 있는 작전"을 세워 보세요. 혼자 쓰는 것이 자신 없다면 책 쓰기 강연에 가서 배우면 되고, 선배 작가의 도움을 받아서 같이 쓰면 됩니다.

당신도 책 쓸 수 있어요. 저도 했잖아요. 저도 몇 년 전까지는 그냥 책 읽는 엄마였답니다.

노인이 한 명 죽는 것은
도서관이 하나 사라지는 것이다.

_아프리카 속담

메이지 시대 철학자 모리 신조는 "일생에 한 권은 책을 써라"고
말합니다. 여러분이 써 보고 싶은 책은 무엇인가요?

_____

_____

_____

_____

_____

_____

마흔은, 키워요

《믿는 만큼 자라는 아이들》 (박혜란, 나무를 심는 사람들, 2019)

마흔은 무언가를 키우는 시기인가 봐요. 아이를 키우거나, 반려동물을 키우거나, 반려식물을 키우거나, 랜선 이모가 되어 조카를 키우는 등 무언가를 키우는 마흔들이 많아요.

저는 요즘 랜선 이모가 되어 남의 집 동물을 구경해요. 퇴근길에 동물 사진이 모아진 인터넷 사이트에 들어가서 남의 집 동물들, 특히 아기 동물 사진을 보면 저도 모르게 기분이 좋아집니다. 꽃 사진을 찍기 시작하면 나이 들었다는 증표라는데 요즘 꽃을 보면 사진을 찍게 됩니다. 강아지도 키우고 싶고, 고양이도 키우고 싶고, 식물도 키우고 싶지만 못하기 때문에 사진을 보며 대리만족하는 것이죠. 남편과 웃으면서 "주변에 강아지 키우는 지인이 있으면 좋겠다. 가서 놀아 주게"라고 말한 적도 있네요.

강아지를 키우는 비혼 친구가 있어요. 친구의 SNS에 올라오는 글을 보니 강아지가 아파서 병원에 갔더니 병원비가 100만 원이 넘게 나오고, 휴가를 가려고 해도 반려견과 함께할 수 있는 숙소를 찾거나 누군가에게 맡겨야 해서 어렵다기에 "와, 대단하다. 어떻게 그렇게 수고롭게 강아지를 키워? 난 못하겠어"라고 말했어요. 그랬더니 친구의 대답이 "나도 같은 이유로 아이를 못 키우겠어"라고 말하더라고요. 1초 만에 튀어나온 친구의 진심에 "아…"라고 할 말을 잃고서 둘이 쳐다보다가 동시에 박장대소를 했답니다.

그렇게 무언가를 키우는 것은 힘든 일입니다. 저는 지금 아이를 키우고 있습니다. 자녀독서법 강의를 할 때 종종 말합니다. 부모교육 강사인 저도 아이들 어릴 때 태교를 못했다고 말이죠. 일이 너무 바빠서 하루 종일 엑셀 작업하느라 엑셀로 태교했다고 할 정도입니다. 잠자기 전에 책을 읽어 준 적도 없고, 뽀로로 만화 앞에 아이를 방치했어요. 태어난 지 100일도 전에 어린이집의 고객이 된 우리 아이들은 어린이집 선생님이 다 키워 주었습니다.

저도 부모가 처음이라 어려웠습니다. 제가 경험한 부모는 때리고, 거부하고, 자기중심적인, 어른이 안 된 미성숙한 부모여서 나도 그렇게 될까 봐 많이 두려웠습니다. 어떻게 아이를 키울 것인가, 부모는 어떠해야 하는가를 배워야만 했습니다. 임신한 날부터 육아서와 자녀교육서를 읽었습니다. 부모교육 강좌를 찾아다녔습니다. 인터넷 속 유명인들의 육아 팁을 배웠습니다.

아이를 키울 때 목표로 삼은 게 있어요. 하루 한 번 아이 웃게 하기, 나도 아이 때문에 하루 한 번 웃기, 아이를 하루 한 번 안아 주기, 하루 한 번은 아이가 좋아하는 음식 해 주기, 아이와 좋은 관계 맺기. 아이가 세상에서 가장 사랑하고 믿는 사람이 저이기를 기도했습니다. 저는 제가 아이를 키운다고 생각했는데, 아이를 키우면서 저도 성장했습니다. 아이를 키우면서 처음 배우게 된 것들이 많아요.

저는 계획 대비 진행률 100퍼센트를 자랑하는 직원이었습니다. "안 되면 되게 하라"가 저의 지론이었는데, 아이를 키우다 보니 안 되는 게 많더군요. 아이는 제가 원하는 시간에 잠을 자지 않아요. 먹으라고 한다고 먹지 않더라고요. 아프지 말라고 해도 가장 회사가 바쁠 때 아프고, 남편이 출장 갔을 때 아프고요. 어린이집에 갈 시간인데 가기 싫다고 울고… 계획대로 되지 않는 게 있다는 것을 아이를 키우면서 처음으로 인정하게 되었습니다. 아이를 키우다 보니 직원들을 보는 시각이 새롭게 변합니다. 엄마의 눈으로 어린 직원들을 보게 되고, 뛰어봤자 벼룩이라는 말처럼 어린 직원들의 행동이 A부터 Z까지 예상되는 지혜가 생깁니다. 일을 이상하게 해도, 일을 잘 못해도 미워하고 화가 나는 것이 아니라 잘 몰라서 그랬으려니 이해가 되고 측은해지고, 다시 불러서 알려 주는 어른의 마음이 생겨납니다.

아이를 키우면서 가장 행복한 경험이 바로 '엄마'라는 프리미엄이라는 걸 알게 되었습니다. 엄마라는 이유만으로 아이에게 환영받더라고요. 저를 사랑해 주는 열혈 팬이 생겼습니다. 퇴근 후 집에 들어가면, 출입문 여는 소리에 아이들이 현관문까지 뛰어나와서 맞아줍니다. 절대적인 내 편이 있다는 것, 조건 없는 환대, 나라는 존재만으로 수용될 수 있음을 배웠습니다.

작은 일에도 토라지고 속상해하는 첫째를 보며 어린 시절의 저의 모습을 떠올려봅니다. 나도 그래서 양어머니, 양아버지가 키우면서 많이 힘들었을까? 그래서 나를 때렸을까? 아직도 그분들의 행동이 이해되지 않지만 어린 시절의 저를 돌아보는 시간이 됩니다.

내향적인 첫째와 다르게 둘째는 낯가림이 없습니다. 제주도에 놀러갔을 때의 일이에요. 차를 렌트하려고 사무실에 앉아 있는데 옆자리의 처음 보는 할아버지에게 둘째가 묻습니다. "할아버지, 저는 7살인데요. 할아버지는 몇 살이에요?" 훅 들어오는 질문에 할아버지가 멈칫하더니 "난 일흔이다. 너 일흔이 몇 살인지 아니?"라고 대화를 시작합니다. 낯가리지 않고 누구에게나 스스럼없이 다가서는 아이에게서 대화의 기술을 배웁니다. 무언가를 키운다는 것은 사실 내가 키움을 받는 것인지도 모르겠습니다. "아이는 부모가 혼신의 힘을 기울여 키우지 않아도 스스로 클 수 있는 힘을 가진 어마어마한 존재"입니다.

무언가를 키우며 생기는 가장 큰 혜택은 그 과정에서 나도 같이 크고 있는 것이 아닐까요? 저는 아이를 키워요. 아니, 사실은 아이가 저를 키워요. 여러분은 무엇을 키우시나요?

명언 필사

> 아이들이 당신 말을 듣지 않는 것을
> 걱정하지 말고, 그 아이들이 항상
> 당신을 보고 있음을 걱정하라.
>
> _로버트 풀검

당신은 무엇을 키우고 있나요?
그것으로부터 어떤 키움을 받고 있나요?

_____

_____

_____

_____

_____

마흔은, 화나요

《화에 대하여》 (루키우스 안나이우스 세네카, 사이, 2013)

화가 납니다. 손위 동서네가 해외로 이주한 후로 막내며느리인 저는 혼자 제사상을 차리는 사실상 맏며느리가 되었습니다. 십 몇 년째 며느리로 살고 있지만, 여전히 저는 명절이 싫고 시댁이 힘들어요. 시댁이 힘든 건 요리 때문이 아닙니다. 귀성길 교통 체증 때문이 아닙니다. 불편한 화장실 때문이 아닙니다.

시댁이 힘든 건 시어머니의 '말' 때문입니다. 시어머니 스스로는 본인이 그렇게 말한다고 인식하지 못하시지만 끝없이 이어지는 불평과 지적이 힘들어요. 생각 없이 한마디 툭 내뱉으시는 말씀이 미워요. 말은 미워해도 사람은 미워하지 말아야지 결심하지만 화가 나는 건 어쩔 수가 없습니다. '왜 내 시간과 돈을 써가며 무보수 가사 노동을 하면서 여기서 이런 말을 듣고 있는가' 현타가 옵니다. 시어머니의 구시렁거리는 말씀을 듣다 보면 화딱지가 납니다.

아이가 "나, 영어 100점 받았어요!" 말하니 "반에서 몇 명이나 100점 받았니?"
아이를 보자마다 "몸무게 몇이니? 살 좀 빼라."
시들어가는 갖가지 재료를 넣고 해물 누룽지탕을 만들어 놓으니 "짜다."
태어나서 처음으로 솥밥을 해놓으니 "뜸을 들이다 말았니?"
제사 지내고 남은 문어를 폭풍 칼질해서 문어초무침을 했더니 "맵다."
쉬어꼬부라진 김치에 돼지고기를 다져 넣고 부침개를 했더니 "기름을 너무 많이 넣었다."

어머니 말씀이 틀린 게 없다는 걸 알아요. 짜니까 짜다고 말한 거고, 매우니 맵다고 했고, 기름을 많이 넣었으니 기름이 많다고 했겠지요. 그래도 화가 나요. 분노를 말할 수 있으면 폭발하지 않을 텐데, 말을 못하니 감정이 부글부글 끓어올라요. 때마침 외국에 사는 손위 동서가 시부모님께 안부 전화를 걸어왔습니다. "조상 잘 만난 사람은 명절에 비행기 타고, 조상 못 만난 사람은 명절에 제사상 차린다"는 말이 맞나 봅니다. 아무것도 잘못한 게 없는 착하디착한 손위 동서에게도 승질이 납니다. 제사장 안 차리고 전화만 해도 고맙다는 말을 듣는 손위 동서

가 부러워서 저 혼자 성질부리는 거라는 걸 알지만 열불이 나
는 건 숨길 수가 없네요.

손주들 볶음밥 해 먹이게 야채를 다지라고 해서 당근과 파프리
카를 칼질하다가 화가 올라와 시어머니가 전화통화하시는 틈
을 타 아이들을 앞세워 개울로 나갑니다. 발을 담그고 있으니
남편이 슬며시 데리러 옵니다. 남편이 넌지시 말을 건넵니다.
"들어가자." "싫어."

단호한 저의 반응에 화딱지가 제대로 났구나 싶은지 남편은 혼
자 집으로 들어가 시어머니 계신 부엌에서 얼쩡거립니다. 어
정쩡하게 서 있는 남편은 무슨 죄인가 싶어서, 부엌에 가서 다
시 도마 앞에 섭니다. 며느리가 화딱지가 나서 나갔다가 온 것
을 모르시는 시어머니는 "주방장이 일하다가 어디 갔다 왔니?"
무심히 말씀하시네요. "애들이 개울에 간다기에 따라갔다 왔어
요" 하고 말을 얼버무리며 양파와 고기를 마저 다져 프라이팬
에 볶습니다.

시어머니가 하시는 말씀이 감정을 담아서 하는 게 아닌 줄 알
고 있고, 70년을 저리 살았던 분이라 달라지지 않는다는 걸 알
지만, 다 알면서도 들을 때마다 화딱지가 생기고 미워하는 마
음이 치밀어 올라와요.

시댁에서 저의 감정노동은 48시간이 한계입니다. 정말 딱 48 시간이 지나면 터져 버리는 감정 폭탄이 됩니다. 폭탄이 터지기 전에 숨고 싶은데 방 한 칸인 시댁에는 숨을 곳이 없어서 손에 책을 쥐고 차 안으로 숨어들어갑니다. 화로 날뛰는 마음을 달래려고 책을 약처럼 먹습니다. 읽다 보면 지혜를 얻을 수 있을까 고전 속으로 고개를 처박아요.

제목부터 제 마음에 딱 맞는 책을 찾았습니다. 기원전 4세기 로마제국 초기 황제시대의 철학자 루키우스 안나이우스 세네카가 쓴《화에 대하여》입니다. 무려 2천 년 전에 화에 대해 쓴 책이 있다니 저의 '화'가 유서 깊은 유물처럼 느껴집니다. "우리로 하여금 화를 내게끔 하는 것은 우리 자신의 무지와 오만함이다"라는 말에 마음이 뜨끔합니다. 2천 년 전 철학자가 말하는 화에 대한 대비책은 '유예'입니다. 화가 난 직후에 반응하지 말고, 판단을 미루는 것을 권유합니다. 용서하기 위해서가 아니고 심사숙고하기 위해서 말이죠. 화를 내지 말고 '유예'시키는 것이 1단계라면, 2단계는 화가 났더라도 더 이상 나아가지 않고 멈추고, 3단계는 다른 이의 화까지 치유하는 것을 말하는데요, 아직 1단계 유예도 너무 어렵네요.

화라는 감정은 가끔씩 그렇게 저를 뒤흔듭니다. '나는 왜 나이를 먹어도 화를 참지 못하는가' 낙심하다가 어느 날 박완서 작가의 에세이를 읽고 깜짝 놀랐습니다. 본인에게 온 택배가 택배기사의 실수로 옆 동의 다른 아파트에 배달이 되었습니다. 무척 기다리던 택배였는데 잘못 배달이 되었고, 택배기사가 적반하장으로 직접 가져가라고 말하자, 작가는 화를 버럭 내면서 직접 다시 가지고 오라고 말하고 전화를 끊어 버립니다. 결국 밤늦게 땀을 뻘뻘 흘리며 온 택배기사가 나이가 매우 어린 청년인 걸 알고 갑자기 미안해져서 할 말을 잃어버렸다는 대작가의 글을 읽으면서 '아, 이렇게 솔직하게 자신의 이야기를 할 수 있다니… 이런 모습이 참 어른이지'라는 생각이 들었습니다.

그동안 스쳐지나간 곳에서 저는 어떤 사람으로 기억될지 생각해 봅니다. 직장에서는 어떤 사람, 어떤 직장인, 어떤 상사로 기억될까요? 어느새 연말이 되어 직원들과 업무평가를 했습니다. 저에 대한 칭찬의 말은 "업무 조절을 잘 해 주고 일을 탁월하게 한다"입니다. 저를 아프게 꼬집은 말은 "실수를 했는데 여러 사람 앞에서 몹시 화를 냈다"입니다. 그 평가 내용을 읽으며 얼굴이 화끈거렸습니다. 너무 창피해서 눈물이 찔끔 나려 합니다. 갑자기 양어머니가 생각이 났습니다. 양어머니는 화를 낼때면 눈을 부라리면서 인격 모독하는 말을 했습니다. 인정하기 싫지만 가장 싫어하는 그 모습을 제가 화를 낼 때 직원들에게 보였던 것입니다.

통찰력을 얻는 가장 좋은 방법은 지난 잘못을 성찰하고 같은 잘못을 반복하지 않는 것이라고 생각해요. 세상을 바꾸는 것보다 힘든 것이 나를 바꾸는 것인데, 지금부터 노력하면 달라질 수 있을까요? 너무나 창피한 이야기이지만, 앞으로는 그런 어른이 되지 말아야겠다는 다짐을 이 글에 적습니다. 소문내지는 말아 주세요. 너무 창피하니까요.

다른 사람 때문에, 혹은 나에게 화가 나는 상황에서 어떻게 해야 어른스럽게 행동하는 걸까요? 어떻게 해야 저도, 타인도 상처 안 받고 마음을 지키는 지혜로운 대처일까요? 마흔이 되어도 감정 관리는 너무 어려워요. 이놈의 성질머리, 나이가 좀 더 들면 방법을 알게 되겠죠? 제발~

우리로 하여금 화를 내게끔 하는 것은
우리 자신의 무지와 오만함이다.

_세네카

최근에 가장 크게 화가 난 일은 무엇인가요?
화를 어떻게 추스렸나요?

마흔은, 비정상

《아내를 모자로 착각한 남자》 (올리버 색스, 알마, 2016)

올리버 색스는 1933년 영국 출생으로 신경과 전문의입니다. 《아내를 모자로 착각한 남자》는 과학 분야의 책으로, 신경학자 인 작가가 환자로 만났던 사람들의 다양한 사례들을 들려줍니다. 인지 능력에 문제가 생겨서 아내를 모자로 착각하는 사람, 몸의 일부가 없다고 느끼는 사람, 없는 신체의 일부가 있다고 느끼는 사람, 젊은 시절 기억만 남아 있고 최근 기억이 없는 사람, 반복적인 신체 행동을 하는 투렛 증후군(틱 장애)을 가진 사람, 특정 영역에 천재성을 가진 자폐인 사람, 사전이나 달력을 통으로 외우지만 다른 것은 기억하지 못하는 사람 등 다양한 사례들을 들려줍니다.

보통의 의사들은 환자들을 '클라이언트' '환자'로 객관화시켜 관찰하는데 올리버 색스는 그들을 '사람'으로 살펴보는 그

시각에서 따뜻함이 느껴졌습니다. "신체 장애인이 아무리 늦게 어떤 능력의 습득에 나선다 해도 그들에게는 놀라운 가능성이 펼쳐진다"라는 부분이나 "우리는 환자의 결함에 너무 많은 주의를 기울였다. 그래서 변화하지 않는, 상실되지 않고 남아 있는 능력을 거의 간과했다"는 부분에서 그러한 따스함이 잘 보입니다. 이 책에 대한 한 줄 평이 "과학자의 눈으로 본 영혼의 경이로움"이라고 되어 있는데 딱 맞는 평이라고 생각됩니다. 의사이지만 환자들을 질병을 가진 생물체가 아니라 그들한 명한 명을 기억해 주고 인간으로서 관심을 가지는 부분이 신선했습니다.

《아내를 모자로 착각한 남자》를 읽으면서 들었던 생각은 '과연 나는 정상일까?'입니다. 프로이트가 말하는 정상이란 "약간의 히스테리, 약간의 편집증, 약간의 강박증"이라고 했습니다. 프로이트의 말 중에 가장 정상적이라고 생각되는 말인데요, 이 책에 나오는 다양한 사례처럼 저도 이상한 행동을 하고 이상한 생각을 합니다.

저는 숫자에 강박 관념이 있습니다. 저도 모르게 사람이 몇 명인지 세고, 카페의 의자 개수를 세고, 계단을 올라갈 때도 몇 개인지 숫자를 세요. 저는 사람을 좋아하면서도 싫어해요. 혼자 있는 시간을 좋아하지만 외로워해요. 사람들과 같이 있으면 재미있으면서도 신경 쓰여서 힘들어요. 다른 사람들의 시선을 신경 쓰지 않고 의사 결정하면서도 또 사람들의 반응을 많이 신경 씁니다.

저에겐 오래된 정신병이 하나 있음을 고백합니다. 한 가지가 맞는지는 모르겠지만, 확실히 알고 있는 병은 '발모광'입니다. 발모광은 반복적으로 머리카락을 뽑는 병입니다. 머리카락을 뽑기 전에 불안, 긴장이 상승하지만 머리카락을 뽑고 나면 만족, 안도감을 느낍니다. 처음 시작은 중학교 때였습니다. 5살부터 시작된 아동학대에 사춘기가 겹치면서 극도로 불안해 저를 스스로 위로하기 위한 행동이었으리라 추측해 봅니다. 이전보다는 나아졌지만, 아직도 발모광은 남아 있습니다.

이런 나는 정상일까 생각하다 보니, 거꾸로 정상과 비정상은 누가 어떻게 판단하는 것일까라는 의문이 듭니다. 이 책에서 나오는 정신병 사례들도 그들의 세계에서는 정상이지 않을까요? 분명히 그들만의 세계가 있을 것입니다. 우리가 이해하지 못할 뿐이죠. 인간을 바라볼 때 나는 어떠한 기준을 두고 판단하는가 생각해 봅니다. 어떤 안경을 쓰고 그들을 바라보고 있었으며, 과연 내가 설정한 기준, 사회가 설정한 그 기준이 합리적인 것이었을까를 반성합니다.

이런 생각과 함께 두려워집니다. 이 책에서는 정신병의 원인도, 치료법도 뚜렷하게 드러나지 않아요. 다만 뇌의 한 부분이 손상되는 경우 우리의 삶이, 그 가족의 삶이 얼마나 큰 영향을 받는지 추측할 뿐입니다. 약으로 증세를 완화시키는 경우나 음악이나 예술 등을 통해서 완화시키기는 하지만 그것이 일상생활을 영위해 갈 정도의 정상화를 의미하는 것은 아닙니다. 사람들의 병을 고치는 의사이면서도 그들을 치료하지 못하고, 때로는 잘못 치료하거나 오진도 하는 올리버 색스의 이야기에 동감이 가는 이유이기도 한데요, 그는 치료해 낸 성공 사례를 말하지 않습니다. 그냥 그대로를 보여 줍니다.

이 책을 읽으며 세상에 정상인은 없다는 생각을 합니다. 지금 정상이라고 해도, 끝까지 정상을 자신할 수 없다는 겸손한 생각도 합니다. 그동안 어떤 눈으로 사람들을 보아 왔을까요. 또 저의 모습은 사람들에게 어떻게 보였을까요? 그동안 혼자 사람들을 판단하며 살았던 모습을 떠올립니다. '저 사람은 저래', '이 사람은 이래.' 그렇게 마음대로 상상하고 추측했지요. 반대로 저도 그런 판단을 받으며 살았겠지요.

마흔에는 정상과 비정상을 구분하는 것이 아니라, 서로를 있는 그대로 '사람'으로 바라보는 시각을 가져야겠다고 결심해 봅니다.

약간의 히스테리, 약간의 편집증,
약간의 강박증이 정상이다.

_프로이트

나는 정상이라고 생각하시나요, 비정상이라고 생각하시나요?

마흔은, 유니버스

《메타버스》(김상균, 플랜비디자인, 2020)

세상이 변하고 있습니다. 특히 코로나는 태어나서 한 번도 경험해 보지 못한 세상을 만들어 놓았습니다. 아이도 키우고, 직장도 다니고, 퇴근 후 프리랜서로 강의도 다니는 저에게 가장 큰 변화는 거리 두기에 따른 비대면이었습니다.

아이들이 개학했는데, 학교를 안 갑니다. 코로나 초기에 저학년이었던 둘째는 EBS방송을 보고 교과서와 학습지를 풀어서 일주일에 한 번 학교에 제출하고, 등교는 일주일에 두 번만 합니다. 둘째는 학교에 안 가서 좋다며 침대에 누워 EBS방송을 봅니다. 저렇게 누워서 듣는 수업이 공부가 될까 염려됩니다. 고학년인 첫째는 인터넷 홈페이지에 올려진 PPT를 보고 공부노트를 작성한 후에 인증샷으로 수업을 대신하고, 일주일에 두 번은 줌으로 수업합니다. 그나마 다행인 건, 실시간 비대면 화상 수업이 신기하고 재미있다고 즐거워합니다.

회사에서도 출근할 때 열을 재고 QR코드를 찍고, 종일 마스크를 쓰고 일합니다. 20여 년간의 직장생활 중 처음으로 재택근무를 해 보았습니다. 사무 환경이 아니다 보니 집에서 근무하는 것이 불편합니다. 업무상 전화는 개인 핸드폰을 써야 하고, 실시간 비대면 회의 때는 집 내부 풍경이 훤히 보이는 게 신경쓰입니다. 업무 중에 갑작스럽게 말을 거는 아이들의 SOS에 무방비로 노출됩니다. 그래도 아이들은 엄마가 집에 있다고 좋아해 주니 그나마 다행입니다.

주 5일간 이어지던 저녁 약속, 강의, 모임이 싹 사라졌습니다. 모임은 온라인으로 바뀌거나, 코로나 이후로 무기한 연기되었습니다. 많이 모일수록 좋았던 모임은 소규모 4명 이하 모임으로 변하게 되었고, 몸이 안 좋으면 쉬는 것이 미덕이 되었습니다. 프리랜서 강사의 삶에도 변화가 생겼습니다. 코로나가 시작된 첫 해 2월부터 6월까지는 모든 강의가 연기, 재연기, 취소, 날짜 변경이 반복되었습니다. 코로나가 5개월차로 넘어가니 사람들이 적응을 시작하는지, 강의들이 비대면으로 전환되기 시작했습니다.

저는 프리랜서로 살아남기 위해서 비대면 환경에 빠르게 적응했습니다. 줌, 팀즈 등 화상회의 사용법을 익히고, 제페토로 아바타를 만들어 메타버스*에서 강의와 모임을 일부러 경험하며 적응했습니다. 코로나로 시작된 변화가 불편하기만 한 것은 아닙니다. 새로운 환경을 접하고 보니, 이전에 얼마나 비효율적인 것들이 많았는지 알게 됩니다. 직장과 강의를 병행하고 육아도 해야 하는 워킹맘 입장에서는 비대면이 편한 점이 많습니다. 지방으로 강의를 가면 이동 시간이 강의 시간보다 더 긴데, 온라인 강의는 인터넷에 접속할 시간 10분만 있으면 되니까 효율적입니다. 회의도 이동 시간 없이 바로 가능하고, 용건 중심으로 짧게 진행됩니다.

코로나 기간 중에 있었던 신입 직원 채용 면접 때 일입니다. 대학을 졸업한 지 얼마 되지 않은 20대 응시생과 새로운 직업을 찾기 위해 응시한 40대 응시생이 있었습니다. 면접 질문 중에는 코로나로 인해 새로 생긴 문항이 있었는데요, 비대면과 각종 디지털 기기 사용에 대한 질문이었습니다.

"코로나로 대면 프로그램을 진행할 수 없는데 채용되신다면 어떻게 진행하시겠나요?" 이 질문에 40대 응시자는 "청소년 자

---

* 메타버스는 '가상', '초월' 등을 뜻하는 영어 단어 '메타'(Meta)와 우주를 뜻하는 '유니버스'(Universe)의 합성어로, 현실세계와 같은 사회 · 경제 · 문화 활동이 이뤄지는 3차원 가상세계예요.

녀를 키우는 엄마 입장에서 대면 프로그램을 안 하는 것이 좋을 것 같다"라고 대답했고, 20대 응시자는 "방역 수칙을 지키면서 소규모 대면 프로그램을 하거나, 줌이나 팀즈 등을 활용한 비대면 프로그램을 고민해 보겠다"라고 대답합니다.

이번에는 스마트폰 활용 역량을 물어보았습니다. 40대 응시자는 "사진이나 동영상 편집을 해 본 적이 없고, 줌은 아이들이 하는 것을 봤지만 내가 해 본 적은 없으며, SNS 채널은 안 합니다"라고 대답했습니다. 반면, 20대 응시자는 "스마트폰으로 사진이나 동영상 편집을 해 본 적이 있고, 줌 비대면 회의는 해 보았고, SNS 채널은 3개를 하고 있다"고 대답했습니다. 메타버스를 이용해 본 경험이 있는지 물어보자 20대 응시생은 "제페토로 대학 축제를 경험해 봤다"고 대답했는데, 40대는 '음… 그게 뭐지?'라는 표정을 지으며 아무 대답도 못하셨습니다.

저는 이 모습이 지금 20대와 40대의 차이를 보여 주는 현실이라는 생각이 듭니다. 20대는 이미 비대면에 적응해 경험하면서 누리고 있지만, 40대는 필요성을 못 느끼고 아이들에게만 해당될 뿐 지금 나에겐 해당하지 않는다고 생각하는 것입니다. 좋은 싫든, 사회는 변합니다. 앞으로 또 무엇을 배워서 어떻게 활용을 하게 될까요? 예상컨대 앞으로는 코로나 이전의 모습으로 돌아가지는 않을 것 같습니다. 우리가 살아갈 세상은 아마도 계속 변화할 것입니다. 시대가 원하는 모습으로 살아가려면 디지털 환경이 무엇인지 제대로 알고 적응해야겠지요?

한편으로는 세상이 너무 빠르게 변하니 오히려 변하지 말아야 할 것과 변해야 할 것이 분명해지는 느낌입니다. "인문학적 감수성과 철학이 담겨 있지 않다면 증강현실 메타버스는 단순히 신기술의 전시장이 될 뿐입니다"라는 저자의 말을 생각합니다. 각자의 철학은 더 또렷해져야 한다는 생각이 들어요.

우리 세대는 마흔의 처음과 끝에서 각자가 얼마나 다른 유니버스를 맞이하게 될지 궁금하고 기대됩니다.

명언 필사

가장 강한 종이나 가장 똑똑한 종이
살아남는 게 아니다. 변화에 가장 잘
적응하는 종이 살아남게 되는 것이다.

_찰스 다윈

가속되는 사회 속에서 변해야 할 것,
변하지 말아야 할 것은 무엇일까요?

마흔은, 일을 해요

《사람, 장소, 환대》(김현경, 문학과지성사, 2015)

마흔을 앞두고 2년 전부터 어떻게 준비해야 할지 고민했습니다. 주변에 마흔을 경험한 선배들을 보니 직업의 변화가 가장 크게 보입니다. 마흔을 기점으로 의도적으로 직업의 변화를 추구하는 사람들이 많습니다. 직장을 옮기거나, 직업군을 아예 바꾸거나, 퇴사를 결심하는 등 직업 면에서 의도적으로 환경 변화를 추구하는 사람들이 있습니다.

이전까지 전업주부로 살았던 분들도 마흔이 되면 아르바이트 라도 시작합니다. 이유는 여러 가지입니다. 아이들의 학원비를 벌기 위해, 혹은 남편이 언제 회사를 그만둘지 몰라서 노후 대비로, 용돈을 벌려고, 아이들이 커서 더는 집에 내가 있을 필요가 없어서 등등, 다양한 이유로 경력 단절되었던 여성들이 다시 사회생활을 시작합니다.

제가 생각하는 직업이 필요한 첫 번째 이유는 '존엄' 때문입니다. 저는 대학을 졸업하고 이듬해 들어간 첫 직장에서 19년간 근무했습니다. 결혼하고도, 아이 둘을 낳고도 일을 계속했습니다. 피터 비에리가 말하길, "일 없이는 존엄도 없다. 노동은 물질적 자립이라는 면에서 인간의 존엄성을 보장해 준다"고 했는데, 맞는 것 같아요. 저에게 직업은 존엄성을 보장하기 위한 최소한의 보호망이었습니다. 내 이름이 적힌 명함, 내 이름이 적힌 명찰, 내 이름으로 불린다는 것이 존엄성을 보장해 주었습니다. 부장 전안나에서 작가 전안나, 강사 전안나가 된 것도 그런 존엄에 대한 욕망의 발현이라고 생각합니다.

두 번째 이유는 '품위 유지'를 위해서입니다. 품위 유지에는 돈이 듭니다. 대기업 회장님이 우아할 수 있는 것은 내 몸만 건사하면 나머지는 비서와 수행 인력이 해 주기 때문입니다. 연예인이 우아할 수 있는 것은 갈아입을 옷을 들고 다녀 주는 코디네이터와 화장과 머리 손질을 해 주는 손길이 있기 때문이죠. 나이가 들수록 입은 닫고 지갑은 열라고 하는데, 마흔엔 품위 유지를 위해서라도 직업이 필요하다고 생각해서, 엄마들에게 파트타임이라도 좋으니 일을 시작하라고 권합니다.

저는 대학 전공을 살려 사회복지사로 지금까지 한 길만 걸어왔습니다. 일하는 게 즐거웠어요. 재미있는 일을 신나게 하면서 실력을 키웠지요. 덕분에 빨리 승진할 수 있었고, 강의와 집필로 이름을 알릴 수도 있었죠. 사회복지사, 강사, 작가 모두 저에게는 즐거운 일이고, 이를 통해 저의 존엄성을 지킬 수 있었습니다. 돈벌이가 되는 일이 즐겁기까지 하면 금상첨화라는데, 정말 그러했습니다. 행운이었죠.

그런데 마흔이 되니 새로운 분야로 직업을 바꾸거나 새로운 직장으로 일터를 바꿔야 하는 게 아닐까 고민됩니다. 이 일은 60세 정년퇴직할 때까지 앞으로 20여 년을 더 할 수 있지만, 그렇게 하겠냐고 물어보면 자신이 없습니다. 타인의 단점이 꼴보기 싫어지면 사실 내가 지친 상태라는데, 그런가 봐요. 정말 지쳤나 봅니다. 이제는 더 이상 다른 사람에게 맞춰가며 일하고 싶지 않네요. 나를 초라하게 만드는 사람과 만나고 싶지 않아서 이제 그만해야겠습니다. 행복하고 존엄한 삶은 스스로 만드는 것이니까요.

안정적인 월급쟁이가 아니라, 맨몸으로 부딪치는 도전을 해 보고 싶다는 생각이 듭니다. 마흔에 이렇게 진로를 고민하게 될 줄은 몰랐습니다만, 글을 쓰다 보니 제 마음을 확실히 알게 되네요. 저는 지금 강력하게 두 번째 진로를 고민하고 있어요. 어느 때보다 가장 심각하게 퇴사를 고민합니다. 이 글을 쓰다 보니 퇴사할 용기가 생기네요. 스스로 알을 깨고 나오면 병아리

가 되지만, 남이 깨 주면 계란프라이가 된다는 말을 생각하다
보니 지금이 아니면 퇴사를 못할 것 같아서, 저 잠깐 퇴사하고
올게요.

"본인은 일신상의 이유로 사직하고자 하오니 재가하여 주시기
바랍니다."

명언 필사

자신의 일을 발견한 사람은 행복한 사람이다.
그에게는 인생의 목적이 있다.

_토머스 칼라일

저자는 "한 사람이 자존감을 유지하려면 그에게 실제로
자신의 존엄을 지킬 수단이 있어야 한다"라고 말합니다.
나의 자존감을 지켜 주는 수단은 무엇인가요?

_____

_____

_____

_____

_____

마흔은, 충분해요

《소년과 두더지와 여우와 말》 (찰리 맥커시, 상상의힘, 2020)

그림책을 종종 읽습니다. 아이들이 어릴 때는 아이에게 읽어 주려고 먼저 읽었습니다. 지금은 독서토론으로 만나는 아이들, 남의 아이들에게 좋은 책을 추천해 주려고 종종 읽습니다. 또 때로는 스스로를 위로하고 싶어서 제 마음속의 어린아이를 생각하면서 그림책을 읽습니다.

찰리 맥커시가 쓰고 그린 《소년과 두더지와 여우와 말》은 어른을 위한 그림책입니다. 책 제목이 낯설었습니다. 소년과 두더지와 여우와 말? 이렇게 명사들의 나열된다고? 이렇게 등장인물들이 쭉 나열되는 솔직한 제목이 또 있나 싶었습니다. 책은 이들 네 인물의 이야기입니다. 소년은 집으로 가는 길에 두더지, 여우, 말을 차례로 만납니다. 등장하는 네 인물은 나름의 특징이 있습니다. 소년은 삶에서 궁금한 점이 많습니다. 두더지는 케이크에 집착하고, 덫에 걸렸던 여우는 상처받아 말하기보다 주로 듣습니다. 말은 많은 경험과 지혜를 지니고 있고요.

책의 모든 페이지는 흑백으로 그려진 그림과 함께 한두 문장의 글이 전부입니다. 얼핏 두꺼워 보이지만, 글자가 적어서 10분이면 쓱 읽을 수 있는 쉬운 책이에요. 첫 장부터 읽지 않고 중간부터 읽어도, 아무 곳이나 펼쳐 읽어도 상관없는 신기한 책이지요. 삶에 대한 깊은 성찰을 멋진 그림과 꾸밈없이 진솔한 글로 담백하게 담아낸, 깊이 있는 책입니다.

저자는 일상에서 삶이란 무엇인지, 삶에서 정말 중요한 것은 무엇인지를 거듭 생각하며 친구들과 대화를 나누었다고 합니다. 어느 날 그는 '그동안 했던 가장 용감한 일은 무엇이었는지'에 관해 친구와 이야기를 나누다 보니, 가장 힘들었던 시기에 누군가에게 도움을 청했던 것이야말로 가장 용기 있는 일이었다고 깨닫습니다. 이것을 그림으로 그린 것이 바로 이 책이라고 책 소개에서 밝히고 있어요.

이 책의 모든 페이지를 벽에 벽화로 붙이고 싶을 정도로 한 장한 장이 마음에 울림을 줍니다. 우리 모두는 마음속에 핸디캡, 트라우마가 있습니다. 남들이 아무도 모르게끔 숨겨야 하는 약점들, 비밀들이 있지요. 하지만, 내 약점을 대담하게 보여 줄 수 있었을 때가 내가 진짜 강한 때라고 책은 말합니다.

저는 마흔이 넘어서야 처음으로 제 이야기를 세상에 털어놓았습니다. 고아원에서 살았던 이야기, 어린 시절 경험했던 학대를 말이지요. 그리고 나니 그것들은 더 이상 저에게 약점이나 트라우마, 비밀이 아니라 제가 얼마나 강한 사람인지를 알려 주는 행동이 되었습니다. 세상을 바라보는 시선이 달라지면 모든 사물이 다르게 보일 수 있다는 것을, 그리고 세상이 얼마나 달라질 수 있는지를 알게 되었습니다.

마음이 흔들리는 날들이 있습니다. 나뭇가지 끝에 달린 나뭇잎 하나처럼 바람에 맥없이 나부끼는 날들이 있습니다. 그럴 때는 이 책의 아무 곳이나 펼쳐서 읽어 봅니다. 어떻게 보면 뻔하고 다 아는 말입니다. 그럼에도 불구하고 오늘의 저에게 위로가 되니 읽고 또 읽습니다. 밥을 매일 먹어도 또 먹는 것처럼요. 오늘도 저의 영혼에 위로가 되는 책밥을 먹습니다. 제가 아는 모든 사람들에게 이 책을 선물해 주고 싶습니다. "네가 했던 말 중 가장 용감했던 말은 뭐니?" "도와 줘라는 말." "살면서 얻은 가장 멋진 깨달음은 뭐니?" "지금의 나로 충분하다는 것."

저도, 당신도 지금 그대로 충분해요. 저는 마흔이 좋아요.

> 인간은 자신이 행복하다는 것을
> 알지 못하므로 불행한 것이다.
>
> _도스토예프스키

저자는 삶에서 가장 중요한 것은 용기라고 말합니다.
내가 삶에서 가장 중요하게 생각하는 것은 무엇인가요?

_____

_____

_____

_____

_____

마흔 이후 책방

마흔 이후 미래를 기대하며 읽어요.

30대까지는 재능으로 버틸 수 있다.
하지만 40대부터는 좋은 습관을
가진 사람이 이긴다.

《마흔 살 습관 수업》 (사사키 쓰네오)

마흔 이후, 전성기

《진 브로디 선생의 전성기》 (뮤리얼 스파크, 문학동네, 2018)

〈맛있는 녀석들〉 TV 프로그램에서 제일 연장자는 유민상 씨입 니다. 다른 출연자들도 한두 살 차이밖에 안 나는 고만고만한 마 흔 전후인데, 유민상 씨는 매번 연장자라고 놀림을 받습니다. 어느 날 방송에서 동생들이 "막 살지 마~"라며 놀리자 "이제는 막 살려고 해도, 막 살아지지가 않는다"라고 갑자기 훅 땡언을 날립니다.

아! 맞아요. 마흔은 막 살려고 해도, 막 살아지지 않는 나이인 것 같아요. 마흔의 실수는 청년기의 실수에 비해 무게감이 크 다는 걸, 누구 하나 말하지 않아도 누구나 느끼고 있기 때문은 아닐까요. 각자 살면서 갖게 된 책임들, 소속된 사회 체계 속에 서 요구되는 것들이 때로는 무거운 짐처럼 느껴지기도 하고, 소속감으로 느껴지기도 해요.

'전성기'라는 단어에 이끌려 《진 브로디 선생의 전성기》라는 책을 읽었습니다. 이 책에는 소수의 여학생을 '브로디 그룹'이라는 자신의 소그룹으로 만들어 긍정적이면서도 부정적인 영향을 끼치는 교사 진 브로디 선생이 나옵니다. 선생의 말과 삶은 모순이 가득하면서도 교육적입니다. 학생들에게 오래 회자되니 성공이라고 봐야 할까요?

진 브로디 선생은 제가 만났던 어른들을 연상시킵니다. 저에게 많은 영향을 준 그분들을 생각하며 삶에 더할 것과 뺄 것을 생각해 봅니다. 제가 배울 점은 무엇이고, 가까이서 따라야 할 점은 무엇일까, 또 배우지 말아야 할 점은 무엇인지 말이죠.

어른들을 통해 살펴보니 저의 삶에 먼저 더할 것은 '변화 유연성'입니다. 그동안 많은 영향을 받았던 좋은 어른들의 장점을 종합해 보니 끝없는 배움과 적용, 나이에 구애받지 않는 적극적 수용이라는 특징이 보입니다. 그분들 모두 마흔을 이미 경험한, 60대에서 80대이신데 아직도 자기계발과 배움을 놓지 않습니다. 그런 삶을 저도 따라하고 싶습니다.

저의 삶에 뺄 것은 '말을 줄이는 것'입니다. "갈까 말까 할 때는 가라. 살까 말까 할 때는 사지 마라. 말할까 말까 할 때는 말하지 마라. 줄까 말까 할 때는 줘라. 먹을까 말까 할 때는 먹지 마라"라는 글을 읽었습니다. 제가 가장 적용하기 힘든 것은 "말할까 말깔 할 때는 말하지 마라"입니다. 말을 줄이겠다는 건 3년 전 회사에서 승진하고 나서 시작한 다짐이기도 합니다. 양어머니는 언제나 말로 상처를 주었습니다. 그분과 20여 년을 살았더니 저도 못된 걸 배워서 사람들에게 상처를 많이 주었습니다. 지나간 말을 쓸어 담을 수는 없지만, 앞으로는 말로 상처 주지 않으리라 다짐해 봅니다. 말이 많아지면 실수도 많아지는 법이니 더욱 줄여야겠습니다. 말을 속으로 삭이는 훈련 중인데, 허벅지를 찌르며 참고 있습니다. 언젠가는 자연스럽게 입을 닫을 수 있을까요?

2년이 지나 이 책을 다시 읽어 보았습니다. 처음 읽었을 때는 진 브로디 선생 같은 어른이 누구일까를 생각했는데, 이제는 진 브로디 선생에 저의 모습이 투영됩니다. "지금 내 인생 전성기의 시작이다"라는 그녀의 자신감이 부럽습니다. "지금은 내 인생의 전성기이고, 너희는 지금 나를 만나서 영광인 줄 알아~"라고 말하는 듯한 그녀의 자신감. "자신의 전성기가 언제인지 아는 건 중요한 일이야. 그 사실을 잊지 말도록." 진 브로디 선생의 말을 듣고 저의 전성기가 언제인가, 반짝반짝 빛나던 황금기가 언제였을까 생각하면서 잠시 20대와 10대를 고민했으나, 그때보단 지금이 전성기라는 생각이 들어요.

10대의 저는 조용하고 눈에 안 띄는 아이였습니다. 20대의 저는 겉과 속이 다른 삶을 사는 사람이었습니다. 30대의 저는 삶에 찌든 워킹맘이었습니다. 결혼 전엔 부모님 때문에 힘들었고, 결혼 후엔 바로 아이들을 낳아서 독박육아하고 일을 포기하지 않기 위해 아등바등하며 하루에 딱 한 걸음 앞만 보며 살았어요. 40대의 저는 남편이 갑자기 마흔 직전에 퇴사당하고 사업을 시작하면서 힘든 과정을 함께 이겨내고 있네요. 이제야 아이들을 사랑스런 눈길로 보게 되고, 책을 읽으며 마음을 다잡아가니 지금이 제 인생의 황금기라는 말이 맞는 것 같아요.

사람들이 마흔이 두려운 이유는 상실과 잃어감, 늙어감 때문이라고 하는데요, 신체는 그럴지도 모르지만 정신적으로는 성숙해져가고 깊어지고 있다고 생각해요. 저는 지금이 가장 편안하고 행복합니다. 힘든 과거가 있었지만 과거에 살고 있지 않습니다. 또한 신기루 같은 미래만 상상하며 손 놓고 있지도 않습니다. 그런 점에서 마흔은 전성기의 시작이라고 생각해요. 지금 제가 살고 싶은 삶을 살고 있거든요. 진국이 되어가는 마흔의 시작을 기쁘게 맞이하며, 반짝 반짝 빛나는 마흔 이후의 삶을 살고 싶습니다.

막 살려고 해도 막 살아지지 않는 마흔, 여기에 안주하는 것이 아니라 준비해서 다시 한번 성장하고 싶습니다. 마흔, 세상의 주인공이 될 수는 없지만, 전성기는 될 수 있다고 생각해요. 우리, 진 브로디 선생의 말처럼 "크림 중의 크림"이 되어 보아요.

마흔 노트

내가 만난 진짜 어른은 어떤 분이었나요?

_____

_____

_____

_____

_____

진 브로디 선생은 "자신의 전성기가 언제인지 아는 건 중요한 일"
이라고 말하는데요, 나의 전성기는 언제라고 생각하시나요?

_____

_____

_____

_____

_____

마흔 이후, 취향

《닥터 지바고》 (보리스 빠스쩨르나끄, 열린책들, 2021)

'개취'라는 단어를 아시나요? '개인의 취향'이라는 단어의 줄임말입니다. 취향을 찾는 것은 꽤 수고스런 일입니다. 남을 따라가면 편한데 나의 취향을 찾고, 나의 취향을 밝히기까지는 시간이 꽤 걸립니다.

저는 매운 냉면을 좋아합니다. 매운 냉면을 좋아한다고 하면 "아직 냉면 먹을 줄 모르네~"라는 말을 듣습니다. "걸레 빤 것 같은 희뿌연 색의 육수에, 아무 맛도 안 나는 것 같은 슴슴한 냉면이 진짜"라는 충고도 듣습니다. 유명하다는 냉면집에 갔더니 정말 아무 맛도 안 나더군요. 겨자와 식초 없이는 한 입도 못 먹겠습니다. "겨자랑 식초를 넣다니, 아직 초짜네~"라는 말을 또 듣습니다. 이 냉면을 세 번 정도 먹어 보면, 이후에는 인스턴트 냉면을 먹을 수 없게 된다고 하네요. 아직 세 번을 안

가봐서 잘 모르겠지만요. 이런 냉면 같은 책이 있어요. 처음 읽었을 때는 '이게 왜 유명하지?' 싶지만 여러 번 다시 읽을수록 깊은 맛이 우러나는 책이 있습니다. 사춘기 시절에 읽었던 몇몇 '어른 책'이 저에게는 그런 '냉면' 같은 책이었습니다.

어린 시절 제 방에는 2개의 책장이 있었습니다. 우리 집의 유일한 책장이었지요. 그곳에는 제 책도 있었지만 집 안에 굴러다니던 모든 책이 그냥 꽂혀 있었습니다. 어느 날 책장을 살펴보다 두꺼운 두 권의 책을 발견했습니다. 책에는 《닥터 지바고 1》, 《닥터 지바고 2》라고 쓰여 있었습니다. 작가 이름은 '보리스 빠스쩨르나끄'라는, 발음하기도 힘든 이름이었습니다. 지금 봐도 글씨가 작고 두꺼워서 읽기 힘든데 무슨 생각이었는지 그 책을 읽기 시작했습니다. 러시아 책을 읽을 때마다 느끼는 어려움을 아시죠? 바로 이름입니다! 한국어로 발음하기에 까다로워서 머릿속에 저장이 잘 안 되다 보니 누가 누군지 모르겠고, 다 읽고 나서도 인물의 풀 네임을 기억하기 어렵습니다. 러시아혁명이니, 제1차 세계대전이니, 이름에 집중하다 보면 어떤 상황인지를 파악하기도 참 어렵습니다.

두꺼운 두 권의 책을 부모님 몰래 교과서 사이에 끼워서 읽었습니다. 어른의 책을 읽으면 혼날 것 같은 기분이 들었기 때문입니다. 책을 읽기만 했는데 마치 어른이 된 것 같은 마음이 들었습니다. 두꺼운 책을 읽어냈다는 뿌듯함과 성취감, 그리고 두 남녀 주인공의 사랑 이야기가 사춘기 중학생 소녀의 마음을 건드렸습니다.

어른이 된 후 다시 보니 《닥터 지바고》는 단순한 사랑 이야기가 아니라 사회 문제가 반영된, 러시아의 현실을 고발하는 책이었습니다. 그리고 작가의 현실을 반영한 책이기도 했습니다. 어린 시절에는 읽어냈다는 뿌듯함만 남은 책이었다면 어른이 된 후 다시 읽은 《닥터 지바고》는 제가 안다고 생각했지만 사실은 아는 게 아니었다는 '무지'를 알게 해 준 책입니다. 다시 읽으니 이 책이 왜 중년들에게 사랑받았는지 알 것 같습니다. "라라, 당신 이름을 부르기가 두려워. 내 영혼이 당신의 이름과 함께 빠져나갈 것 같아" 같은 달달한 대사는 목소리로 소리 내서 읽을 수밖에요. "당신은 먼 옛날 내 유년 시절의 평화로운 하늘 아래서, 지금과 마찬가지로 내 인생이 시작됐을 때 만난 사람이니까"라는 지바고의 고백을 읽으면서 가슴이 쿵쾅거렸습니다. 라라와 지바고가 만나고 헤어지고 다시 만나고 또 스쳐지나가고 결국 다시 만나지 못하고 죽음으로 끝나는 모습엔 에로틱한 장면이 하나도 없지만, 사랑이 가득하고 로맨스가 가득하며 숨죽이면서 읽게 되는 섹시함이 숨어 있습니다. 이런 게 바로 냉면 같은 어른의 맛일까요?

저는 취향이 분명한 편입니다. 냉면보단 국수를 좋아해요. 비빔국수보단 잔치국수를 좋아하고, 잔치국수엔 김치보다 단무지 무침이죠. 프랜차이즈에서는 햄버거보다 비스킷과 딸기잼 조합이 최애 메뉴입니다. 라면은 매운 푸라면, 카페에선 아메리카노만 먹어요. 빵이나 과자 같은 간식보다 365일 먹는 밥이 취향입니다. 함께보다는 혼자가 편해요. 패키지여행보다는 자유여행이 좋고요. 그런데 맛있는 음식보다, 사람보다, 여행보다 책을 좋아해요. 남들과 취향이 달라서 제가 좋아하는 것을 잘 추천하지 않는 편입니다. 제 취향을 존중받고 싶고, 다른 사람의 취향도 존중하고 싶어서죠.

요즘 저는 취향 찾기 놀이를 하고 있어요. 아직 냉면의 참맛은 모르지만 안 먹었던 음식에 도전하고, 안 만났던 사람을 만나고, 해 보지 않은 걸 시도해 봅니다. 처음으로 머리를 길러 보고 있고요, 안 먹었던 가지도 먹어 보고 있어요. 처음 알았어요. '나, 가지튀김을 좋아하네?'라는 걸요.

퇴사도 처음 해 봤어요. 회사를 퇴사하고 사업자등록을 했습니다. 회사 이름을 무엇으로 지을까 고민하다 '내가 제일 좋아하는 것이 무엇인가' 생각하니 책과 글과 사람이더라고요. 그래서 '책글사람'으로 회사 이름을 지었습니다. 혼자 일하는 것도 꽤 제 취향이더군요. 전혀 외롭지 않고 편안하고 즐겁고 자유

롭습니다. 새로운 도전의 기회가 올 때마다 문을 열었더니 더 많은 도전의 기회가 생기고, 그 도전을 통해 40년간 몰랐던 저를 더 알게 되는 것 같아요. '나 이런 사람이었어?' '나에게 이런 면도 있어?'라는 것을요.

예전에 읽지 않았던 소설을 읽고, 중고등학교 시절에 읽었던 교과서 속 책들을 읽어 봅니다. "그들은 그의 추억 속에서 훨씬 빛났다"라는 말처럼 추억 속의 책을 다시 읽으니 그때는 몰랐던 어른의 맛을 알게 되네요. 이런 것도 취향이라면 저는 찬성입니다.

마흔 노트

어린 시절 읽은 책 중에 어른이 돼서 다시 읽어 본 책이 있나요?

여러분은 어떠한 남들과 다른 취향을 갖고 있나요?

마흔 이후, 경쟁력

《퍼스널 브랜딩》
(야마모토 히데유키, 이노다임북스, 2016)

평생직장이 없고, 평생직업도 없는 시대를 살아가고 있어요. 현재 7세 어린이의 65퍼센트는 우리가 모르는 직업을 가질 거라고 사람들이 말하는데, 이미 우리가 모르는 직업을 가진 20대들이 많습니다. 점점 여러 개의 직업을 갖는 것이 사회 표준이 되어가고 있습니다. 이런 사람들을 'N잡러'라고 부르는데요, 저도 사회복지사이면서 작가이고, 강사이며, 독서토론을 진행하고 있으니 N잡러입니다.

요즘 직업 트렌드에서 유명한 두 개의 단어는 '긱(Geek)' 그리고 '퍼스널브랜딩(Personal Branding)'입니다. '긱'은 임시로 하는 일을 말하는데, 정규직이 되기 전 원치 않게 임시로 일하는 것이 아니라 일부러 임시로 일하는 것을 말합니다. 해외에서는 '우버'처럼 자신의 차를 이용해서 택시 영업을 하거나, 한국에서는 '배민'으로 본인의 여유 시간에 배달 일을 하는 것처럼, 본업 퇴근 후에 또 다른 직업을 임시직으로 가지는 것을 예로 들 수 있습니다. 예전에는 일을 삶에 맞추었다면, 앞으로는 삶에 일을 맞추는 시대가 되어 긱은 더욱 활성화될 거라고 트렌드 전문가들은 말합니다.

두 번째 요즘 직업 트렌드는 퍼스널 브랜딩입니다. 브랜드는 상품이 가지는 독특한 가치와 경험을 말하는데, "퍼스널 브랜딩이란 사람 스스로를 브랜드화 하는 것"을 말합니다. 개인 컨설팅비로 시간당 몇백만 원을 받는다는 어느 사업가의 강의를 들었습니다. 3시간 강의의 핵심 요지는 나만 팔 수 있는 인생템을 만들어서 기업화하면 성공할 수 있다는 것입니다. 평생직장이 없고, 평생직업이 없기 때문에 앞으로는 스스로 직업을 만들고, 나 스스로를 고용해야 하는 시대라는 것이 더욱 체감됩니다.

사회가 급하게 발전할수록 가장 소중한 것은 '나만의 고유함'인 것 같아요. 객관적으로 생각했을 때 19년차 직장인이 아닌, '사업 아이템으로서 전안나의 경쟁력은 무엇일까?' '직장인인 내가 팔 수 있는 인생템은 무엇일까?'를 물으면 자신 있게 떠오르는 대답이 아직 없습니다. 저만의 브랜드를 어떻게 만들 수 있을까 고민하면서 퍼스널 브랜딩에 대한 책을 펼쳐 봅니다.

최근에 세운 전안나의 퍼스널 브랜딩 목표는 "책으로 글로 사람을 돕는 작가 사회복지사"입니다. 제가 힘들게 태어나서 여러 번의 죽을 고비를 넘기면서도 아직까지 살아가고 있는 데엔 분명한 '사명'이 있을 거라고 생각합니다. 저만의 퍼스널 브랜딩의 첫 시작은 독서입니다. 2013년 11월부터 지금까지 10년 동안 하루 한 권 책 읽기를 하고 있고, 앞으로도 계속해 볼 예정입니다. 저의 독서 목표는 60세까지 1만 권의 책을 읽는 것입니다. 저의 퍼스널 브랜딩은 하루 한 권 책 읽기와 함께 시작되었기에, 1만 권을 읽고 나면 삶에 어떤 변화들이 생길지 기대됩니다.

책도 꾸준히 집필하려고 합니다. 직장을 다니면서, 아이를 키우면서 삶에서 경험한 체험을 바탕으로 직장인들에게, 워킹맘에게 도움이 되는 책을 계속 쓸 겁니다. 책으로 사람들과 말하고 싶습니다. 이번 책을 쓰다 보니, 제가 감정을 표현하는 데 참 서툴다는 것을 새삼 인식하게 됩니다. 그동안 실력보다 운이 좋아서 책을 7권이나 낼 수 있었는데, 앞으로는 실력을 더 쌓아서 30권의 책을 내고 많은 사람에게 읽히는 베스트셀러 작가가 되고 싶어요.

도서관과 학교, 공공기관에서 강의를 하고 있습니다. 처음 시작은 독서법 강의였죠. 그 다음은 자녀 독서지도법, 그다음은 전공인 사회복지 강의와 글쓰기 강의를 하고 있어요. 작년부터는 처음으로 사회복지학과 후배들에게 대학 강의를 시작했습니다. 많은 제자들을 키우는 강의 전문 교수가 되고 싶어요.

'퍼스널 브랜딩 만들기'를 시작한 지 벌써 7년이 지났습니다. 네이버 검색창에 제 이름을 적으면 검색되는 사람이 되었으니 절반은 성공했다고 생각됩니다. 이제는 저의 영역을 확장하고 깊이를 더하는 과업이 남았습니다. 선한 영향력을 발휘하기 위해 재능 기부 강의와 후원, 헌혈도 지속해 볼 생각입니다. 저만이 할 수 있는 고유함을 찾아서 전문가로 발전하고 다른 사람들에게 도움이 되는 삶을 살 수 있다면 제가 이 땅에 태어난 사명도 달성하게 되지 않을까 기대해 봅니다. 준비된 사람에게만 찾아오는 마흔의 기울기, 저도 경험해 보고 싶어요.

마흔 노트

나만의 경쟁력은 무엇인가요?

내가 "목표로 하는 이상적인 자신"이 되기 위해
앞으로 해야 할 노력은 무엇일까요?

마흔 이후, 투자

《몽테뉴의 수상록》(미셸 몽테뉴, 메이트북스, 2019)

마흔에는 투자를 해야 합니다. '투자'라는 단어에 주식 투자, 부동산 투자처럼 경제 용어를 떠올리셨나요? 제가 마흔 이후 필요하다고 생각하는 투자는 '나를 위한 투자'입니다. 저는 주식 투자도 안 해 봤고 부동산 투자도 못합니다. 두 아이들을 학원에 안 보내고 초등학교를 졸업시켰으니 자식에게 투자한다는 말도 못하겠네요.

저는 저 자신에게 투자합니다. 대기업엔 '연구개발부'가 있습니다. Research와 Development의 약자로 R&D라고 표현하는 연구개발부는 기업의 체질을 개선하고 미래의 성장 동력을 찾기 위한 핵심 부서로 기능합니다. 저는 저 스스로를 하나의 기업, 하나의 브랜딩이라고 생각하기에 저를 위한 연구개발비에 투자합니다. 투자 목표는 시간의 10퍼센트, 월급의 10퍼센트입니다. 하루의 10퍼센트인 2.4시간 약 2시간 30분 동안 책을 읽거나 글을 쓰거나 수업을 듣거나 공부를 합니다. 연봉의 10퍼센트는 책을 사고, 대학원 학비를 내고, 여행비로 사용하고, 저에게 자극을 주는 사람들과 만나 식사하고 차를 마시는 비용으로 사용합니다. 그리고 언젠가 갖게 될 저만의 서재, 작업실을 만들기 위해 저금을 합니다.

"교육은 자궁에서 시작해서 무덤에서 끝난다"라는 말이 있습니다. 2020년에 57세였던 김미경 대표는 코로나로 강의가 전면 중단되자 온라인 강의로 전환하고, 유튜브를 활성화하고, 온라인 주부대학을 개설하고, 다양한 프로그램을 배우러 다녔습니다. 그 나이에 대단하다 생각하다 보니, 더 대단한 한 명이 생각납니다. 바로 나의 양어머니입니다. 1938년생인 양어머니는 80세가 넘으셨는데 카카오톡을 보내고, 카카오로 영상 전화 걸기를 하실 줄 압니다.

저에게 많은 상처와 아픔을 남겨준 양어머니이지만, 제 삶에 도움이 되도록 남겨준 유산이 있다면 그것은 바로 '배우는 자세'입니다. 생각해 보니 양어머니는 늘 무언가를 배우셨습니다. 한식, 중식, 양식 요리를 배워서 집에서 많이 해 주셨습니다. 스테이크, 양장피, 짜장면, 오이 만두 같은 음식들이 생각납니다. 30년 전만 해도 흔한 음식이 아니었습니다. 양어머니는 미용을 배워서 제 머리카락을 직접 잘라 주기도 했습니다. 엄마가 되고 보니, 집에서 손이 많이 가는 음식을 요리해서 식구를 먹이고, 미용을 배워서 머리를 잘라 주는 것이 얼마나 대단한 열정인지 알게 됩니다. 최근까지도 양어머니는 인근 복지관에서 피아노를 배우고, 스마폰 사용법을 배우고, 컴퓨터도 배우셨습니다. 참 대단하다고 감탄하게 됩니다. 그런 모습을 보고 자라서 그런지 저도 배우는 것을 좋아합니다.

시어머니는 지금도 말씀하십니다 "너 배우는 거 그만하고 애들 학원 보내라." 저는 그럴 생각이 없어요. 아이들은 학원 다니는 걸 좋아하지 않거든요. 저는 학원 다니는 걸 좋아하고요. 좋아하지 않는 걸 억지로 하는 것보다는 좋아하는 사람이 하는 것이 낫지 않을까요? 요즘 아이들 사이에서 이런 말이 오간다고 해요. "나는 재벌 2세가 되고 싶은데 우리 아빠가 노력을 하지 않는다"고 말이죠. 그런데 엄마들은 아이를 의사로 만들어서, 내가 의사 엄마가 되기 위해 아이들을 학원으로 몰아치니 동상이몽도 이런 동상이몽이 없지요. 저는 우리 아이들을 위해서 제가 책을 읽고 학원에 다니고 공부합니다. 삶에 찌든 엄마보다는 N잡러로 열심히 일해서 연봉 1억 버는 엄마, 책 읽고 책 쓰는 베스트셀러 작가 엄마, 공부해서 대학에 강의 가는 교수 엄마가 더 자랑스럽지 않을까요? 저는 아이들에게 제가 해 줄 수 있는 가장 좋은 것을 주고 싶어서 오늘도 책을 읽고 학원을 다니고 공부를 합니다.

저는 1년에 두 번 이력서를 다시 씁니다. 상반기에 한 번, 하반기에 한 번 이력서를 다시 꺼내서 딱 한 줄씩만 더 넣는 것을 목표로 합니다. 이력서를 한 줄 쓰기 위해서는 자격증을 취득하거나 책을 내는 등 특별함이 필요합니다. 시시한 것을 쓸 수는 없잖아요. 이력서 속에 늘어나는 경력처럼 저를 계속 업그레이드하고 있습니다. 본업은 사회복지사이지만, 트렌드 도서를 읽다 보니 SNS가 중요해진다고 해서 페이스북 마케터, 구글 애너리틱스, 블로그 등 각종 SNS에 대한 교육을 받았습니다. 현대인이라면 누구나 퍼스널 브랜딩과 마케팅 감각이 있어야 한다고 해서 마케팅 교육도 받고, PPT 교육도 받고, 강사 교육도 받고, 책 쓰기 교육도 받고, 퍼스널 브랜딩 교육도 받았습니다.

"어릴 때는 배워야 하고, 성인이 되어서는 숙달해야 한다"고 소크라테스는 말했는데요, 2천 년 전의 말이 지금도 유효하다고 생각합니다. 저도 그런 삶을 살고 싶습니다. 내 시간의 10퍼센트는 나를 위한 시간, 내가 버는 돈의 10퍼센트는 나를 위해 쓰는 돈으로 죽을 때까지 투자를 멈추지 않으려 합니다. 배움으로써 오늘은 내가 행복하고, 내일은 다른 사람을 행복하게 할 수 있다면 더 이상 바랄 게 없는 결실입니다.

마흔 노트

어릴 때는 배워야 하고, 성인이 되어서는 숙달해야 한다는
소크라테스의 말에 대해 어떻게 생각하시나요?

_____

_____

_____

_____

_____

새롭게 시작해 보고 싶은 공부가 있으신가요?

_____

_____

_____

_____

_____

마흔 이후, 가지 않은 길

《무엇이 삶을 예술로 만드는가》 (프랑크 베르츠바흐, 불광출판사, 2016)

《무엇이 삶을 예술로 만드는가》라는 책 제목에 끌렸습니다. 저는 삶을 예술로 만드는 것은 '가지 않은 길'이라고 생각합니다. 가슴속에 품어둔 버킷리스트가 있으시죠? 버킷리스트는 "살아남기 위해 뒷전으로 밀어 놓은 일들, 꿈과 동경으로 남게 된 목록"이라고 장석주 작가는 말했는데요, 저는 다이어리에 써둔 버킷리스트가 100개가 넘어요.

버킷리스트에는 평생 30권의 책을 내고, 그중 10권은 3만 권 이상 팔리는 베스트셀러가 되는 것, 그 중에 몇 권은 해외에 판권이 팔렸으면 하는 소망이 있어요. 이 버킷리스트는 첫 책을 내면서부터 생각한 것입니다. 1년에 한 권씩 지금의 속도로 책을 낸다면, 평생 30권 이상 책을 낼 수 있을 것 같아요. "베스트셀러 작가가 되는 비결은 꿈을 포기하지 않는 것, 즉 죽는 날까지 쓰고 또 쓰면 됩니다"라는 요시다 히로시의 말에 용기를 내어 봅니다.

선배 작가들의 이야기를 들어 보니 작가가 책을 꾸준히 쓰면서 10년은 지나야 겨우 사람들에게 알려질 기회가 온다고 하더라고요. 저도 꾸준히 책을 쓰다 보면 작가로 광고 촬영도 하고, 정기 라디오 패널로 활동할 기회도 찾아올지 모릅니다. 10년 뒤, 20년 뒤, 25년 뒤에도 책 쓰는 할머니가 되어 있는 모습을 상상합니다. 이 책의 저자는 "나는 30년을 보내고 난 뒤 하룻밤 사이에 유명해졌다"고 말하는데요, 저도 그런 미래를 상상하며 카페 의자에 앉아서 8시간째 책을 쓰고 있습니다.

"실제 삶의 환경보다는 우리가 자신과 세계에 대해 갖고 있는 생각이 우리의 행복과 불행에 더 큰 영향을 미친다"는 말에 대해 어떻게 생각하세요? 다이어리에 적어 둔 버킷리스트, 가지 않은 길을 마흔에는 시작해야 하지 않을까요? 익숙한 것과 새로운 것 사이의 고민… 둘 다 할 수는 없지만, 익숙한 것에서 새로운 것으로 건너갈 다리를 만들어 보는 것은 가능할지도 모릅니다. 저는 책을 읽으면서 마음과 몸의 체력이 좋아졌답니다. 책을 읽으면서 글을 쓰기 시작했고, 글을 쓰기 시작하면서 생각하기 위해 걷기를 시작했어요. 책을 읽고 글을 쓰고 걷기를 시작하다 보니 이상하게 자신감이 생겨서 요즘은 '무엇이든

할 수 있다'고 생각해요. 신체의 체력은 20대에 비할 바가 아닐 정도로 약해지지만, 마음의 체력은 30대에 비할 바가 아닐 정도로 강해지고 있습니다.

요즘 태어나서 한 번도 해 보지 않은 시도를 하고 있습니다. 책 쓰기, 방송 촬영하기, 대학에 출강하기, 심사 위원으로 참여하기, 멘토 활동에 응하기 등 예전 같으면 안 해 본 일이라 사양했을 텐데 용감하게 도전해 보고 있습니다. 덕분에 TV 생방송 〈아침마당〉에도 나가다니 출세했지요. 어찌나 떨리던지요.

고민은 끝내고 새로운 일을 해 봅시다! 아직 인생의 절반도 안 살았으니까요. 이 책을 쓰면서 버킷리스트 달성을 위해 사고를 두 가지 쳤습니다. 한 가지는 퇴사, 또 한 가지는 박사 과정 진학입니다. 이 책을 쓰다 보니 저 자신이 지금 바로 퇴사를 하고 싶어 한다는 것을 알게 되어, 19년 다닌 회사를 퇴사했습니다! 그리고 박사 학위를 위한 첫 발을 내딛었습니다. 20대에 목회학 석사를 취득했고, 30대에는 사회복지학 석사를 취득했으니 벌써 대학원을 두 번 졸업했습니다. 그런데 40대에는 박사 학위를 받고 싶어서 다시 입학원서를 제출했고, 그만 붙어 버렸지 뭐예요. 앞으로 저의 마흔은 어떻게 될까요? 흥미진진합니다. 내일부터 중학생 아들과 함께 스터디카페에 가서 공부할까 봐요. 공부하며 아들과 좋은 추억도 쌓을 수 있겠죠?

저자는 "일단 한번 선택한 길을 끈질기게 고수하는 사람은 많지만, 목표를 끈질기게 추구하는 사람은 별로 없다"라고 말하지만, 저는 생각이 좀 달라요. 목표를 다 달성하지 못할 수도 있지만 호랑이를 그리다 실패하면 고양이라도 그린다는 말을 생각하며 큰 목표를 세우고 도전하고 모험하는 시간을 가져야겠어요. 꿈꾸는 건 자유니까요! 저는 지금 퇴사해서 기쁘고, 박사 과정에 도전해서 행복합니다.

"리얼리스트가 돼라. 그러나 가슴속엔 불가능한 꿈을 지녀라." 체 게바라의 말을 가슴에 품고, 마흔 이후의 삶을 멋지게 만들어 보렵니다.

마흔 노트

> 무엇이 삶을 예술로 만든다고 생각하시나요?
> 저는 불가능할지도 모를 꿈이라고 생각해요. 여러분은요?

_____

_____

_____

_____

_____

> 불가능할지도 모르는 꿈 Best 5를 적어 보아요.

하나, _____

둘, _____

셋, _____

넷, _____

다섯, _____

마흔 이후, 파이어족

《숲속의 자본주의자》 (박혜윤, 다산초당, 2021)

직장인들 사이에 '파이어족'이 아주 인기입니다. 가능한 일찍, 젊은 나이에 자발적 은퇴하는 사람들을 파이어족이라고 부르는데요, 대부분 20~30대 미혼 시기부터 준비를 시작합니다. 전문가의 말에 따르면 1년 생활비의 25년치를 준비하면 은퇴할 수 있다는데, 1년 생활비를 4천만 원으로 정하면 25년치니까 약 10억 원 정도네요.

제가 36살에 강의를 시작하고, 37살에 책을 쓴 것도 '은퇴'를 준비하려는 마음이었습니다. 마음만은 30대부터 파이어족이었는데 벌써 마흔이 지났네요. 제가 파이어족을 고민하는 이유는 '시간' 때문입니다. 대학 졸업 이후 한 번도 안 쉬고 일하다 보니 '시간이 고프다'는 생각이 들었습니다. 마흔 이후에는 풀타임 근무를 하지 않고 파트로 일하며 시간을 더 많이 가지고 싶어서 퇴사를 결심했습니다. 이미 마흔이 넘은 저는 몇 살에 진정한 은퇴를 할 수 있을까 헤아려 봅니다. 학령기의 아이가 둘이나 있으니 막내가 성인이 되는 50살, 2031년이 가장 빠른 은퇴 나이가 아닐까 생각됩니다.

《숲속의 자본주의자》 박혜윤 작가처럼 미국의 외딴 시골에서 빵을 만들어서 돈을 벌고, 그 외에는 자급자족으로 아이들을 키우며 살 자신은 없습니다. 부동산 투자도, 주식 투자도 모르고, 월수입의 70퍼센트를 저금할 자신도 없습니다. 그래서 무작정 퇴사보다 근무 시간을 줄이면서 최소한의 생활비를 벌 수 있는 방법을 찾아보았습니다. 돈을 벌면서 근무 시간을 줄일 수 있는 방법이 의외로 많더군요. 부동산으로 임대 수입을 얻는 방법, 주식이나 펀드로 투자하거나 SNS로 수입을 만들거나 개인 사업을 하는 등. 다양한 방법 중에 제가 선택한 건 책 쓰고 강의하는 프리랜서의 삶입니다. 읽고, 쓰고, 배우면서 돈까지 벌 수 있다니 더할 나위 없겠다 싶었습니다.

작가의 말처럼 "돈과 즐거움이 하나 된 삶의 방식"으로, 취미가 업이 되는 덕업일치로서의 파이어족을 꿈꿨습니다. 낮에는 직장에 다니고, 퇴근 후와 주말에는 책을 쓰고 강의를 다니는 프리랜서의 삶을 병행해 보았습니다. 나름의 성과가 있었습니다. 회사에서 버는 연봉만큼 프리랜서로 돈을 벌게 되고, 우수 강사로 선정되기도 하고, 1회에 150만 원의 강의료를 받아 보기도 하고, 세 번째 출간한 책부터는 출판사와 선계약하고 글을 쓰게 되었습니다.

그런데 파이어족을 위해 미리 경험해 본 프리랜서의 삶은 생각과 다른 점이 많았습니다. 제가 원했던 것은 마음대로 쓸 수 있는 '시간'이었는데, 강의하는 시간은 1회 2~4시간인 것에 반해 강의 장소를 오가는 데에 최소 왕복 2시간에서 8시간이 걸렸습니다. 강의는 제가 원한다고 갈 수 있는 게 아니고 상대방이 찾아 줘야 할 수 있는 수동적인 일이었고요. 강의료도 천차만별이었습니다. 문화센터 강의는 회당 7만 원부터 시작했고, 어떤 도서관은 회당 20만 원, 어느 공공기관은 시간당 150만 원으로 모두 달랐습니다. 같은 주제라도 때마다 청중의 나이와 성별, 상황에 따라 평가와 반응이 달라진다는 점 때문에 동일한 주제라도 매번 새롭게 강의를 준비해야 합니다. 또 아무리 유능한 강사라도 강의하기에 적절한 대상과 연령, 주제가 있다는 것, 그리고 나와 맞지 않는 강의 대상과 주제라면 거절해야 한다는 걸 시행착오를 겪으며 알게 되었습니다.

작가로서의 삶도 저의 생각과 다른 부분이 많았습니다. 계약에 따라 마감일에 맞춰 글을 보내야 하는데 글이 계획한 대로 안 써집니다. 계약 후 원고 작성을 끝냈더니 출판사가 문을 닫아서 난감했던 적도 있고, 계약 해지도 경험해 보았습니다. 1년에 책을 한 권씩 내는 것이 목표였는데 출판사의 내부 사정으로 못 나온 해도 있고, 같은 해 같은 달에 책이 두 권 나오기도 했습니다. 정성을 기울여 나의 모든 노하우를 넣어서 썼고, 책의 내용이 정말 좋다고 생각했는데 기대했던 것보다 판매가 안 돼서 마음이 쓰라린 적도 있습니다. 또한 생각보다 책이 잘나가서 으쓱했던 적도 있지요. 시간과 기간이 예측이 안 되는 불확실성이 너무 많습니다.

그럼에도 불구하고 저는 전업 프리랜서로 새롭게 다시 시작합니다. "무언가를 포기한다고 삶이 포기되는 것은 아니다"라는 말처럼 제가 직장을 그만둔다고 삶을 포기하는 것이 아닌데도 주변 사람들은 걱정합니다. "사회복지사는 정년이 보장되는 좋은 자리 아니냐?" "아직 정년이 20년 넘게 남았는데 왜 퇴사하냐?" "지금 2인자니까, 조금만 더 버티면 1인자 자리까지 승진할 텐데 왜 그 자리를 포기하느냐?" "지금처럼 두 가지 다 하면 되지, 왜 굳이 월급을 포기하느냐?" 등등 많은 만류가 있습니다. 불확실성을 염려하는 것임은 잘 압니다. 하지만 삶은 원래 불확실한 거 아닌가요? "삶이 그렇다. 그 불확실성을 사랑할 수 있으면 그걸로 됐다고 생각한다"는 말처럼 저도 불확실성을 사랑해 보려고요. 저는 이 책을 쓰면서 직장을 퇴사했습니다.

사실 저는 파이어족이 될 수 없는 인간이에요. 잉여를 견딜 수 없는 일중독자거든요. 퇴사해서 프리랜서가 되었는데, 한 달에 강의를 40개씩 하고 있어요. 하루에 많으면 네 번, 보통 두 번씩 하죠. 직장 다닐 때보다 더 바쁘고 힘들게 일하고 있더라고요. 프리랜서 2년차인 올해는 강의를 줄이고 한 달에 한 번은 개인 휴가, 한 달에 한 번은 교육을 듣기로 했어요.

퇴사한 것은 열심히 살았던 삶의 1차 은퇴이죠. 그리고 둘째가 성인이 되는 10년 뒤에는 서울을 떠나는 2차 은퇴를 생각합니다. 65세까지는 30권의 책을 쓰는 작가로서 3차 은퇴를 목표로 하지만, 영원한 은퇴는 없다고 생각해요.

다이내믹한 마흔을 위하여 의미 있는 도전을 시작합니다.

마흔 노트

파이어족이라는 단어를 처음 들었을 때 어떤 생각을 했나요?

여러분이 꿈꾸는 은퇴는 무엇인가요?

마흔 이후, 핸디캡

《원씽》 (게리 켈러 외, 비즈니스북스, 2013)

무언가를 꾸준히 한다는 것은 참 어려운 일입니다. 인터넷을 보다가 우연히 '프로젝트 100'이라는 것을 알게 되었습니다. 스스로 습관들이기가 잘 안 되는 사람들을 위한 습관 프로젝트 입니다. 주변 사람들이 책을 잘 읽도록 돕는다는 저의 퍼스널 브랜딩 목표에 따라 100일 매일 독서 미션을 개설하였습니다.

저는 재능 기부로 '인증 방'을 진행해드리기로 했습니다. 참가 자는 하루 24시간 중 아무 때나 책을 펼쳐서 읽고 사진을 찍어 서 인증 샷만 올리면 되는 아주 간단한 규칙입니다. 100일간 매일 독서 습관을 만들고 싶은 사람을 SNS 홍보로 모았습니다. 개설한 지 24시간 만에 100명이 모집되었는데, 뒤늦게 봤 다며 아쉬워하는 사람이 여러 명 있을 정도로 순식간에 마감되 었습니다. 자발적인 의지로 시작했음에도 첫 날 참여율은 93

퍼센트였습니다. 참여율은 점점 내려가더니 3일차에는 85퍼센트, 5일차에는 78퍼센트, 10일차에는 69퍼센트, 20일차에는 53퍼센트가 되었습니다. 이렇듯 한 가지를 꾸준히 지속한다는 건 정말 힘든 일입니다.

저는 인내심이 강한 편이 아닌데, 악으로 깡으로 버티는 힘은 있나 봅니다. 양어머니에게 20년 넘는 시간 동안 단련 받아서일까요? 첫 직장을 19년 동안 다녔고, 결혼생활도 15년째 하고 있고, 하루 한 권 책 읽기도 10년째 하고 있습니다. 그럼에도 불구하고 꾸준히 안 되는 것이 있습니다. 그건 바로 외국어 공부입니다. 중학교부터 대학생 때까지 10년간 영어를 배웠고, 고등학교 때는 제2외국어로 일본어를 배웠고, 신학대학원에 가서 2년간 히브리어와 헬라어를 배웠지만 이상하게도 지금 내 머릿속에 남아 있는 외국어가 없습니다. 웃긴 이야기지만, '난 지지리 운도 없지… 입양이 하필 한국으로 돼서…'라며 만약 외국에 입양되었다면 외국어를 잘했을 거라고 생각한 적도 있습니다. 영어를 못하는 것이 어찌나 싫었던지요.

몇 번 영어 공부를 하려고 시도했지만 실패했습니다. 처음 등록해 본 강남의 회화수업은 담당 원어민 강사의 과한 액션이 부담스러워 한 달 만에 그만두었습니다. 100만 원을 주고 산 영어 단어 태블릿PC는 보름 정도 하다가 단어를 잘 못 외우는 스스로에게 자괴감이 들어서 중단했습니다. 원서를 읽어 보겠다고 구입한 책은 앞에 한 장을 읽기 위해 사전만 뒤적이다 모르는 단어가 너무 많아서 그만두었습니다.

아들이 읽는 영어 동화책을 사서 읽으려고 펼치니 외국어를 잘하는 남편이 무시해서 그냥 덮어 버렸습니다. 남편은 중국어, 영어, 일본어, 한국어까지 4개 국어를 합니다. 중국에서 2년간 유학했고, 무역 관련 일을 하다 보니 모든 서류가 영어여서 업무용 문서 작성이 되는 수준의 영어 실력도 가지고 있습니다. 또 10년간 다닌 회사가 일본-중국 무역회사라 일본어도 할 줄 압니다.

저는 중학교 1학년 첫 시험을 반에서 꼴찌한 이후로 영어를 싫어하게 되었습니다. 스스로 못하는 것을 아니까 더 하기 싫어졌어요. 영어가 저의 핸디캡인 걸 알면서도 남편이 자꾸 영어 자존심을 건드립니다. 저에게 초등학생 아들의 교과서와 문제집을 주면서 해석해 보라고 테스트를 합니다. 하루는 그런 남편이 얄미워서 쏘아붙였습니다.

"나도 당신처럼, 과목별로 과외했으면 영어도 일본어도 잘했을 거야. 나는 중고등학교 때 학원도 별로 못 다녔고 과외 한 번도 안 받아봤어. 나도 당신처럼 부모가 등록금 다 내줬으면 그 시간에 영어 공부했겠지. 대학 가서도 돈 벌어서 등록금 내느라 학원 한 번도 안 다녀봤어. 나도 당신처럼 유학 갔으면 중국어 할 줄 알겠지. 나는 유학 못 가봤고 어학연수도 못 가봤어. 나도 당신처럼 바로 취업 안 하고 1년 동안 하루 10시간씩 영어, 일본어 공부했으면 당신만큼 했을 거야. 나는 졸업 후에도 바로 취업해서 돈 버느라 못했어. 자꾸 나 영어 못한다고 자존심 건드리면, 나 어학연수 갈 거야. 미국 여행 열흘만 갔다 와도 미드 자막이 들리더라. 나도 어학연수 다녀오면 당신 정도 영어할 수 있어. 어학연수 1년에 2천만 원이면 갈 수 있다니까 나 적금 깨서 갈 거야. 마이너스 통장 만들어서라도 갈 거야. 내가 못할 것 같아?"

협박 아닌 협박을 하니 남편이 조용해집니다. 분명히 남편도 노력하고 하나하나 공부해서 외국어를 익힌 것일 텐데, 부모 잘 만난 탓으로 돌리는 저의 억지라는 것 알아요. 이놈의 성질머리는 아직도 다스려지지가 않네요.

제가 핸디캡인 영어를 극복하고 싶은 데엔 두 가지 이유가 있어요. 첫 번째는 혼자 자유여행을 다니고 싶어요. 딱 그 정도의 기본적인 회화 능력을 가지고 싶어요. 인터넷을 검색하여 길을 찾거나, 간단한 의사소통 정도는 되는 것이 소원입니다. 두 번째는 작가로서의 영역을 넓히기 위해서도 필요한 것 같아요.

남편처럼 중국어, 영어, 일본어를 할 줄 안다면, 그래서 중국어, 영어, 일본어 원서를 읽을 줄 안다면 저의 세계는 지금보다 4배 정도 커지지 않을까요.

아, 그리고 박사 과정에 합격했으니 박사 졸업을 위해서는 영어 시험이 필수더라고요. 영어를 해야 하는 이유가 한 가지 더 생겼네요. 그런데 솔직히 말하면 영어 공부가 싫어요. 왜 저는 영어를 잘하고 싶은 욕망은 있으면서 노력하기는 싫을까요? 이루지 못할 꿈일 수도, 핑계일 수도 있지만, 어학연수를 다녀오고 싶어요. 저를 위해 1년은 어학연수를 허락해 줘도 되지 않을까요? 아니면, 어서 빨리 구글이나 테슬라나 삼성에서 안경처럼 쓰면 영어가 한글로 번역되고, 헤드셋을 쓰면 동시에 통번역이 되어 들리는 기계를 만들어 주면 좋겠어요. 현실을 회피하려고 엉뚱한 상상을 해 봅니다.

마흔부터 시작해도 앞으로 40년은 공부할 수 있다고 자기계발서 저자들은 저를 설득합니다. "앞으로 20년 뒤 당신은 한 일보다 하지 않은 일을 후회하게 될 것"이라고 《원씽》의 저자는 말하는데요, 아마도 제가 하지 않아서 후회할 일은 영어 공부일 것 같아요. 이렇게 뻔히 알면서도 마음이 설득되지 않네요. 한참을 고민하다가 타협점을 찾았습니다. 아직 40대 초반이니 유예 기간을 좀 두었다가 영어공부를 시작해 보려고요. 49세에 시작해도 40대에 시작한 건 맞으니까요.

영어 공부를 하면 더 행복하고 의미 있게 살 수 있을까요? 핸
디캡을 없앤다는 측면에서는 그럴 수도 있겠죠… 아, 그런데
하기 싫어라….

마흔 노트

저는 영어가 핸디캡이에요. 여러분은요?

영어 핸디캡을 이겨내고 싶은 저에게 한마디 조언 부탁해요.

마흔 이후, 신인류

《포노 사피엔스》(최재붕, 쌤앤파커스, 2019)

스티브 잡스의 발명품인 스마트폰이 탄생한 건 2007년입니다. 현재는 전 세계의 36억 명의 사람들이 스마트폰을 사용하고 있고, 우리나라도 스마트폰 보급률이 90퍼센트가 넘었다고 합니다. 《포노 사피엔스》의 저자 최재붕은 스마트폰을 쓰는 전 세계 36억 명의 사람들을 "새로운 인류, 포노 사피엔스"라고 부릅니다.

스마트폰은 인류의 생각을 바꾸는 가장 큰 변화를 가져오게 되었다고 보는데요, 그 이유가 예전에는 전 국민이 같은 신문을 보면서 같은 생각을 했는데, 지금은 사람들이 스마트폰으로 자기가 알고 싶은 정보만 선별적으로 취해서 생각이 개인화되고 있다는 것입니다. 저자는 덧붙이기를 "36억의 인류가 자발적으로 스마트폰 문명을 선택했고, 앞으로도 계속 이 방향으로 발전할 것은 분명하다"라고 말하는데, 그러면 "우리는 앞으로 무엇을 준비해야 할까?"라는 물음에 봉착하게 됩니다. 미래학자들은 스마트폰과 디지털 문명에 적응하지 못하면 '디지털 난민'이 될 것이라고 경고합니다.

지금도 전 국민의 스마트폰 보급률이 90퍼센트임에 비해, 우리나라 65세 이상 노인 중에 어플리케이션을 설치하고 삭제하고 업데이트할 줄 아는 사람은 7.5퍼센트, 온라인 쇼핑과 인터넷 예약이 가능한 사람은 6.5퍼센트, 인터넷 뱅킹 사용이 가능한 사람은 7.0퍼센트라고 해요. 벌써부터 디지털 난민이 시작되고 있습니다.

아래 스마트폰 기기 활용법 중에서 할 줄 아는 것이 몇 가지 정도인가요? 40대는 얼마나 사용할 수 있을까요?

□ 스마트폰으로 온라인 쇼핑하기

□ 스마트폰으로 인터넷으로 식당, 호텔 예약하기

□ 스마트폰으로 인터넷 뱅킹 사용하기

□ 스마트폰으로 홈페이지 회원 가입하기

□ 스마트폰으로 적금 가입하기

□ 스마트폰으로 사진 찍어서 카카오톡으로 보내기

□ 스마트폰 어플리케이션을 설치하고 삭제하고 업데이트하기

☐ 스마트폰으로 이메일 계정 만들고 이메일 주고받기

☐ 스마트폰으로 QR 코드 찍기

☐ 스마트폰으로 SNS 계정 개설하고 글, 사진 올리기

☐ 스마트폰으로 사진 찍어서 편집하기

☐ 스마트폰으로 동영상 찍어서 편집하기

☐ 스마트폰으로 화상 회의 참가하기

☐ 스마트폰으로 화상 회의실 개설 및 자료 공유하기

☐ 스마트폰으로 앱 카드 결제하기

사업을 하는 40대 남편에게 물어보니 15개 문항 중 해 본 것이 5개 정도, 할 줄 알지만 안 하는 것이 5개, 그리고 5개는 못한다고 한다. 전업주부인 40대 사촌언니에게 물어보니 8개는 하는데 7개는 무슨 말인지 모르겠다고 대답합니다. 중학생이 된 첫째에게 제 스마트폰을 주고 위의 것들을 알려 주니 빠르게 이해하고 재미있어 합니다. 앞으로는 노인들이 어린아이들보다 디지털 역량이 더 떨어질 것이라고 하는데, 노인이 아니더라도 40대부터 이미 디지털 역량이 떨어지고 있음을 우리 집에서 체감합니다.

최재붕 교수는 앞으로 "디지털 플랫폼, 빅데이터, 인공지능에 대한 학습이 꼭 필요하다"라고 강조합니다. 그런데 디지털 플랫폼, 빅데이터, 인공지능을 완전히 이해하고 있는 사람은 몇

이나 될까요? 아마 많지 않을 것입니다. 저 같은 평범한 사람에겐 많이 어렵습니다. 그런데 시대가 바뀌어가니 스마트폰으로 할 수 있는 모든 것들을 배워 보는 것이 필요하다고 생각합니다. 코로나19로 비대면 서비스가 확대되면서 키오스크 사용, QR 체크인, 예방접종 증명서 연동을 힘들어하는 사람들이 많았습니다. 앞으로는 새로운 디지털 기기들이 더 많이 생겨날 것이고, 정부의 공공 서비스도 대부분 온라인으로 신청받고 발급하고 안내될 것입니다. 지금 마흔인 우리는 '포노 사피엔스'로 살아남아야 합니다.

저도 40대이지만 스마트폰으로 페이스북, 인스타그램, 블로그, 카페 활동을 하고, 비대면으로 강의 의뢰를 받고, 비대면으로 강의를 진행합니다. 이동 시간에는 집필에 필요한 자료를 검색하고 최신 정보를 스크랩합니다. 집안일을 하면서 글쓰기 동영상 강의를 듣고, 온라인으로 강의실을 예약하고, 실시간으로 독자와 의사소통합니다. "36억의 인류가 자발적으로 스마트폰 문명을 선택했고, 앞으로도 계속 이 방향으로 발전할 것은 분명"하기 때문에, 최소한 비슷한 흐름은 맞춰서 흘러가야 하지 않을까요? 이것이 위기가 될지, 기회가 될지는 각자에게 달려 있다고 생각합니다.

2000년에 태어난 아이들이 새내기 직장인이 되기 시작했습니다. 그리고 2007년생인 스마트폰보다 늦게 태어난 아이들이 벌써 10대 청소년이 되었습니다. 몇 년만 지나면 이들이 주인 공으로 무대에 오를 시간이 됩니다. 이러한 사람들 속에서 살 아가기 위해서라도 오늘부터 스마트 신인류로 한 걸음을 내딛 어야겠습니다.

《이상한 나라의 앨리스》에서 붉은 여왕에게 앨리스가 물어봅 니다. "왜 나도 앞으로 가는데 다른 사람들보다 뒤처지죠?" "그 건 다른 사람들이 너보다 2배 더 빨리 걷기 때문이다"라고 붉 은 여왕이 대답합니다. 스마트폰에 잠식당하는 것이 아니라, 스마트하게 사용하는 포노 사피엔스가 되어야겠습니다.

마흔 노트

시간이 너무 빨리 지나가요.
여러분의 "라떼는 말이야" 이야기 한 개만 나눠주세요.

스마트폰을 얼마나 '스마트하게' 활용하고 있나요?

마흔 이후, 절제

《격몽요결》 (이이, 이민수 역, 을유문화사, 2003)

"집을 다스리는 데는 부지런함과 검소함, 공손함, 용서함의 네
가지로 하라"는 1577년 율곡 이이의《격몽요결》이 저에게 던
져 준 키워드는 '절제'입니다. 부지런함과 검소함, 공손함, 용
서함, 눕고 싶은 편안함을 절제하기, 사치하고 싶은 욕구를 절
제하기, 오만하려는 마음을 가다듬으며 절제하기, 화를 내려는
마음을 절제하고 용서하기가 마흔의 저에게 숙제로 내려지는
느낌입니다.

저는 쇼핑을 매우, 아주 많이, 심하게 좋아했습니다. 옷을 사고
신발을 사고 가방을 사는 것이 삶의 낙이라고 할 정도로 말이
죠. '쇼핑 중독'이라고 할 정도로 절제가 안 되었습니다. 결혼
전엔 카드사 VIP였습니다. 사회복지사가 박봉인 건 전 국민이
아는 사실인데요, 어떻게 카드사 VIP가 될 수 있었을까요? 바

로 화수분 같은 신용카드와 마이너스 통장 덕분이었습니다.

급여 통장을 만들다가 은행원이 자연스럽게 권유한 신용카드와 마이너스 통장으로 빚의 세계로 친절하게 안내받았습니다. 한 달에 한 번 미친 듯이 돈을 빼가고 잔고가 부족하면 전화하는 신용카드와 달리 1년에 한 번 연장 전화만 받으면 유지가 되는 마이너스 통장은 신세계였습니다. 돈이 솟아나는 줄 알았던 마이너스 통장의 잔고가 어느새 천만 원, 이천만 원, 삼천만 원이 넘어가자, 그제야 왜 그리 친절히 안내했는지 깨닫습니다. 어느 날 카드사 VIP라는 안내문과 함께 공항 라운지 이용권을 포함한 여러 개의 바우처 쿠폰이 우편함에 도착한 걸 보고 정신이 번쩍 났습니다. "내가 미쳤구나. 중독이구나!"를 깨닫고 그날 바로 신용카드를 없애고 체크카드를 만들었습니다.

양가 도움 없이 신용카드로 신혼여행 비용을 결재하면서 결혼 생활을 시작한 맞벌이 부부였기에 2년마다 전세를 옮겨 다니다 아이가 초등학교 들어갈 때 집을 샀습니다. 집값의 무려 55퍼센트가 은행 빚이었는데, 한 직장을 오래 다닌 제 이름으로 대출을 내면 이자가 저렴하다고 해서 갑자기 몇 억이 넘는 빚이 생겼습니다. 남편이 사업을 시작하면서 초기 사업 자금이 필요하자, 신용 등급이 높은 제 이름으로 8천만 원이 넘는 빚을 더 내서 남편의 창업을 지원했습니다. 그렇게 집 대출, 신용

대출, 마이너스 통장까지 3개의 대출을 짊어지고 나니, 한 달에 몇백만 원이 넘는 이자와 원금을 갚아야 했습니다.

빚이라는 현실이 닥치자 강제로 편안함을 포기하고 절제를 시작하게 되었습니다. 저는 안 쓰는 절제가 너무 어려운 사람이어서 편안한 삶을 포기하고 수입을 늘리기로 결심했습니다. 저도 퇴근하면, 그리고 주말이면 텔레비전도 보고 싶고, 인터넷 게임도 하고 싶고, 넷플릭스도 보고 싶고, 유튜브 보면서 뒹굴뒹굴하고 싶지만 절제했습니다. 그 시간에 책 읽고, 공부하고, 학원에 다니면서 머릿속에 지적 자산을 축적했습니다. 휴가와 주말을 포기했습니다. 낮 8시간은 직장인, 저녁 4시간은 강사로, 작가로 일했습니다.

매년 300권의 책을 읽고, 1권의 책을 쓰고, 150번의 강의를 하면서 월요일부터 일요일까지 내내 휴가도 없이 365일 하루 12시간씩 일하며 돈을 벌어 대출을 갚았습니다. 12시간 일한다고 아이들을 안 키울 수는 없기에 매일 저녁 아이들이 잠들면 집안일을 했고, 아이들이 일어나기 전에 아침밥을 차려놓고 다시 출근했습니다. 지방에서 강의 요청이 오면 금요일이나 월요일로 강의 일정을 잡아서 연차를 이용해 가족들을 데리고 갔습니다. 강의하는 곳이 여행지가 되었고, 강의료와 교통비, 원고료 받은 돈으로 가족 여행을 하고 돌아왔습니다.

편안함을 포기한 것 중의 또 하나는 자동차입니다. 작은 경차를 사도 차 할부금과 보험료, 주유비 등 최소 연 1천만 원의 유지 관리비가 든다는 계산이 나오더군요. 차 살 돈을 5년만 모으면 5천만 원이 되고, 이 돈이면 파이어족이 되는 데 필요한 땅을 살 종잣돈을 마련할 수 있겠다 싶어서 차를 사지 않았습니다. 전국으로 강의를 다니지만 전철, 버스, 기차를 타고 급할 때만 택시를 타니 문제없더군요. 대중교통을 타고 다니면서 책을 읽으니 일석이조입니다. 출퇴근에 매일 강제로 독서를 하게 되고, 강제로 걷기를 하니 일석삼조입니다. 자동차를 사려고 저금했던 돈과 퇴직금을 합쳐서 퇴사 후 나만의 서재를 만들었습니다. 꿈꿨던 2미터 멀바우 책상을 놓고, 책장에 좋아하는 작가들의 책을 그득 꽂아 놓았습니다. 서재를 구입하느라 낸 빚을 갚기 위해 앞으로 또 몇 년간 자동차를 포기해야 할 것 같습니다.

저는 아직도 쇼핑을 좋아합니다. 자동차는 포기할 수 있고, 넷플릭스, 유튜브, 휴가, 주말도 포기할 수 있지만 쇼핑 욕심은 없어지지 않습니다. "한 가지 생각이 문득 일어나 사욕의 길을 향해 가고자 하거든 곧 이것을 이끌어내려 올바른 도의 길을 가도록 하라"고 율곡 이이는 말하지만, 아직도 제 마음은 사욕의 길로 갑니다. 그나마 다행인 것은 직장을 안 다니고 프리랜서가 되니 쇼핑과 소소한 지출이 줄었습니다. 출근할 때는 옷을 매일 다르게 입어야 한다는 생각에 쇼핑을 했는데, 프리랜서는 복장이 자유로워서 쇼핑을 안 해도 괜찮더군요. 프리랜서가 되니 직원들 커피 값이 안 나가고, 생일 축하 등 경조사비가 안 나가도 되니 지출이 줄어드는 장점이 있더군요. 회사를 퇴사하고 4개월 뒤, 마이너스 통장을 만든 지 무려 15년 만에 드디어 해지하고 나서 스스로에게 칭찬했습니다. "장하다, 전안나!"

마흔 이후에는 절제를 더 잘 실천하는 제가 되면 좋겠습니다. "그대에게 평생 동안 경계할 일을 전하노니, 모든 일을 스스로 생각하고 스스로 보살피도록 하라"는 말처럼 말이죠.

마흔 노트

나에게 절제가 필요한 것은 무엇인가요?

내가 잘 절제하고 있는 것은 무엇인가요?

마흔 이후, 대서사시

《토지》(박경리, 마로니에북스, 2012)

박경리 작가의 《토지》를 다시 읽어 보았습니다. 《토지》는 1969년부터 1994년까지 26년 동안 200자 원고지 4만여 장을 집필한, 책으로는 20권이나 되는 장편 소설입니다. 3년 전 20권의 책을 큰맘 먹고 샀습니다. 큰 박스 가득 배달 온 책을 보기만 해도 기분이 좋고 다 읽은 것 같은 기분이었습니다.

20권을 완독하고 나서 놀라웠던 사실은 '서희'가 주인공이 아니라는 것입니다. 《토지》 전체에서 서희가 나오는 분량은 10분의 1도 되지 않았습니다. 등장인물이 600명이 넘어서 인물 도감이 나올 정도이니 그 정도만 해도 주인공 분량으로 충분하다고 말할 수도 있지만, 저는 책을 읽기 전에 흘려들은 이야기로는 서희만 주인공인 줄 알았는데 아니었습니다.

최참판댁의 흥망성쇠를 중심으로 이야기가 전개되지만, 윤씨 부인과 최치수, 서희 이야기는 생각보다 분량이 적습니다. 구한말에서 일제 강점기를 거쳐 해방에 이르기까지의 시간 배경 속에서 오히려 용이, 환이, 귀녀, 강포수, 임이네, 김서방, 봉순이, 한복이, 거복이, 길상이, 조준구, 두만네 같은 시대를 살아가는 그들 모두가 주인공입니다.

저는 《토지》를 읽으면서 20권이나 되는 책을 마흔 친구들에게 추천해도 될까 한참을 고민했습니다. 그럼에도 불구하고 이 책을 마지막으로 고른 이유는 모든 계층을 아우르는 인물들이 지금 우리와 같다는 생각이 들었기 때문입니다. 인물 한 명 한 명을 향한 따뜻한 시선, 참다운 삶에 대한 끊임없는 탐구가 이 책에서 결국 작가가 하고 싶었던 이야기가 아니었을까 생각도 해 보았습니다.

수많은 인물을 통해 삶의 형태 또한 다양함을 알게 됩니다. 전안나라는 책의 주인공은 전안나입니다. 아무리 많은 조연이 나와도 결국 내가 주인공인 책이 바로 내 삶입니다. 지금쯤이면 저의 글을 다 읽었을 테니, 눈치 채셨을지도 모르겠습니다. 사실 마흔의 친구들과 함께 읽고 싶은 책을 소개한다고 글을 쓰고 있지만, 사실은 그냥 마흔 친구들이 어떻게 살고 있고, 요즘 무슨 생각을 하고 있는지, 마흔을 맞는 기분이 어떤지 수다를

떨고 싶었습니다.

마흔을 준비하면서 주변 사람들에게 "당신에게 마흔은 어떠한 가요?"라고 물어보았습니다. 사람들의 반응 유형은 다양했습니다. 누구는 자연스레 수용하는 사람이 있는 반면, 너무 싫다며 거부하며 싫어하는 사람도 있습니다. 뭐라도 해야 할 것 같아서 의식적으로 노력하며 맞이하는 사람, 기쁘고 감사하게 생각하는 사람, 별다른 생각 없이 넘어가는 사람 등으로 나뉘더군요. 체력의 어려움이나 육아의 어려움 등 부정적인 대답은 전체 응답자의 30퍼센트 내외로 적었고, 아직 잘 모르겠다고 고민 중이라는 대답이 20퍼센트 정도, 오히려 마흔에 대해 긍정적으로 대답한 사람이 과반수가 넘었습니다. 몇 가지 답변들을 함께 살펴볼까요?

마흔에 대해 가장 도전적인 대답은,

"저 올해 마흔이에요. 나는 왜 일하고 있는 건가에 대해 작년부터 고민했고, 올해 대책 없이 퇴사를 했어요. 후련해요."_김○○님
"새로운 걸 해 보고 싶고… 살아 있다는 걸 느끼고 싶었죠. 마흔에 서울살이 정리하고 제주로 내려왔어요."_전○○님

마흔에 대해 가장 슬펐던 대답은,

"마흔이 너무 싫어요. 정말 너무 싫어요. 이전으로 돌아가고 싶

어요."_김○○님

"마흔을 앞두고 내가 반평생 동안 무얼 하며 살아왔나 돌아보며 조금은 침울해지게 되는 것 같아요. 화도 나고요."_허○○님

마흔에 대해 가장 현실적인 대답은,

"마흔, 금세 가요. 총알같이 스쳐 지나간 것 같아요. 가정과 직장에서 가장 일이 많았던 시간으로, 남겨진 기억이 별로 없는 듯 성큼 뛰어넘은 것 같아요."_서○○님

"나의 현실은 두 자녀의 아빠. 아이들의 보육비와 내 집을 마련하기 위해 저축을 해야 합니다. 내가 하고 싶은 것과 해야 되는 그 사이에서의 고민들도 있고요. 안정적이고 익숙한 것과 경험적이고 새로운 것, 그 사이에서 고민이 깊어요."_배○○님

마흔에 대해 가장 희망을 주었던 대답은,

"이제 40대 후반이 되었는데요, 나이를 먹어갈수록 좋아요. 40대에 새로운 도전을 많이 하고 있습니다. 물론 상황상 어쩔 수 없기도 했지만, 그 이전의 경험들이 큰 도움이 되었어요. 저는 마흔은 기회라고 생각합니다."_이○○님

"30대 초반부터 준비한 성장기입니다. 삶에서 많은 부분들이 40대에 변곡점이 생기더라고요. 준비한 사람에게만 좋은 기울기로요."_채○○님

그들의 대답을 들으며 잠시 멈춰서 생각해 봅니다. 10년 뒤쯤 마흔의 끝에서, 전안나에게 마흔이란 어떤 시간이었다고 회상하게 될까요? 좋은 사람들과 함께한, 좋은 책과 함께한, 행복한 성장기로 기억되면 좋겠습니다. 그렇게 마흔 이후, 중년의 대서사시를 시작해 봅니다.

마흔 노트

그동안 읽은 책 중에 가장 긴 혹은 가장 두꺼운 책은 무엇인가요?

_____

_____

_____

_____

_____

마흔의 끝에, 당신은 마흔을 어떻게 기억하고 싶으신가요?

_____

_____

_____

_____

_____

나에게 마흔은…

"**나의 마흔은…** 점검의 시기인 듯합니다.
엄마로서, 나로서, 사회 구성원으로서, 아내로서의 위치를 깨닫고
점검과 변화를 도모하는 실질적인 시기.
내가 내게 줄 수 있는 삶에 대한 진지한 접근이 시작됩니다.
어쩌면 이대로 고착돼 버릴지 모를 나를 돌보는 기회가 아닐는지요."

나○○님

"**나의 마흔은…** 마흔이 되면 엄청 어른이 될 줄 알았는데 아니네요.
여전히 서툴고, 배워야 할 게 많고, 쉽지 않구나 싶어요.
그렇지만 20대의 열정도, 30대의 당당함도 내 안에 쌓여 있다고 생각해요.
내가 마음먹기에 따라서 충분히 잘 해나갈 수 있겠구나 그런 생각이요."

목○○님

"**나의 마흔은…** 이제는 나의 결정에 자신감이 좀 붙었어요.
좌충우돌이 아닌, 삶을 살아가는 데 좀 더 능숙해진 것도 같고요."

우○○님

"나의 마흔은… 유난히 제 맘과 몸은 흔들리더군요.
미뤄 두었던 일과 벌려 놓기만 하던 일들을 마무리짓기 시작했어요.
그 중 최고는 관계들의 마무리가 아니었나 생각이 듭니다.
끌려다녔던, 아니라고 생각했던, 불합리하다 느꼈던 피곤한
관계들을 정리하는 데 2년 정도 시간이 걸렸어요.
한두 발자국 먼저 지나온 마흔 즈음에 나는 그랬습니다."

라○○님

"나의 마흔은… 힘들었어요.
20대에는 진로를 결정하지 못하고 무작정 열심히만 했고,
30대에는 취업, 결혼, 출산에 치여서 살았어요.
마흔에는 흰머리 나고 여기 저기 아프고 내가 늙는구나 생각되고
노안이 오고 인생이 슬펐어요. 남편이랑 아이들하고도 매일 싸웠고요.
그런데 50이 되니 다시 팔팔해집니다.
50대보다 40대가 더 힘든 나이입니다.
지금은 애들도 다 크고 남편과 싸울 일도 없고 하고 싶은 거 하면서 삽니다."

신○○님

"나의 마흔은… 슬슬 몸이 약해지는 걸 느끼는 시기였어요.
무릎도 아프고 허리도 아프고 그러나 아줌마 파워가 생겨나기 시작했어요.
체면이나 눈치를 덜 보기 시작했어요.
몸의 체력은 떨어지지만, 마음의 힘이 생기는 마흔입니다.
마흔, 두려울 게 없다고 생각해요!"

권○○님

"**나의 마흔은**… 저 지금 마흔이에요.
딱히 새롭지는 않아요. 일상에서 나이를 느낄 일도 없고요.
생활이 안정적이 되어 새로운 목표를 찾게 되는 시점인 것 같아요.
20살, 30살 때보다 훨씬 안정된 느낌과 아직은 젊다는 느낌이 들어요.
뭔가 이루어야 한다는 큰 욕심으로 불안하기보다는
좀 더 가벼운 마음으로 임할 수 있는 것 같아요. 지금이 좋아요."

향○○님

"**나의 마흔은**… 올해 마흔인데, 회사 나와서 혼자 일하며 살게 됐습니다.
마흔이 되니 이제 좀 어른이 된 것 같네요.
후배들에게도 마음이 많이 가고요.
선배님들은 어떻게 버티시는지 궁금도 하고요."

권○○님

"**나의 마흔은**… 저는 마흔이 기다려집니다.
아직도 배우고 싶은 것도 많고 하고 싶은 것도 많은 39살 어른입니다.
더 단단한 어른이 되고 싶어 마흔을 기다립니다."

비○님

"**나의 마흔은**… 새로운 도전을 시작한 시간이죠.
남은 인생의 반을 위해 새로운 목표를 가지고
하루하루가 도전이고 모험인 시간으로 보냈어요."

송○○님

나에게 마흔은…   185

"나의 마흔은… 제 인생의 터닝 포인트였어요.
양적인 삶에서 질적인 삶으로의 전환이 시작된 시기라고나 할까요."

유○○님

"나의 마흔은… 책을 읽으면서 마흔을 지나왔어요.
금방 지나가실 거예요. 시간을 잊어버린 것처럼."

서○○님

"나의 마흔은… 요즘 내가 진짜 원하는 것이 무엇일까를 생각하고 있어요.
좋아하는 것과 싫어하는 것, 하고 싶은 것과 하기 싫은 것을 생각하고 있어요.
찾으면 해 보려요."

김○○님

"나의 마흔은… '어쩌다 보니'입니다.
해야 할 일과 하고 싶은 일 사이에서 고민하며
열심히 살다 보니 지금의 나이가 되어 버렸습니다.
40대엔 하고 싶은 일에 더 집중하고 싶어요."

우○○님

"나의 마흔은… 새로운 분야에 도전.
이전과 다른 분야의 직장에 취업했습니다."

김○○님

"**나의 마흔은**⋯ 마흔에 둘째를 낳았어요. 일적으로도 성숙해졌고,
두 아이를 키우면서 생각의 방향이 달라졌어요.
어린아이들을 위해 운동도 시작했어요.
그전보다 더 건강하고 활기찬 마흔을 맞이했어요. "

윤○○님

"**나의 마흔은**⋯ 마흔을 앞두고
내가 반평생 동안 무얼 하며 살아왔나 돌아보며
조금은 침울해지게 되는 것 같아요. 화도 나고요. "

허○○님

"**나의 마흔은**⋯ 안정된 느낌과 아직은 젊다는 느낌이 들어요.
그래서 뭔가를 할 때 젊었을 때처럼
뭔가 이루어야 한다는 큰 욕심으로 불안하기보다는
좀 더 가벼운 마음으로 임할 수 있는 것 같아요. "

김○○님

"**나의 마흔은**⋯ 아이들이 커 가니 외롭기도 하고,
혼자서 뭔가에 집중할 일을 만들게 돼요.
이를테면 나를 위해 공부도 하고, 책도 읽으려고요.
저 자신에게 집중하고 씩씩해지려고 합니다. "

연○○님

"나의 마흔은… '주부'에서 다시 '나'가 되는 시간이 되었어요.
결혼이 빨랐던 저는 다시 세상과 마주하는 시간이었네요.
20대와 다른 마음으로."

홍○○님

- -

"나의 마흔은… 이젠 진짜 아줌마라는 생각이 드네요.
연년생 아이들과 지지고 볶던 그때는 세상 힘들었는데,
40대 끝자락에서 지금 되돌아보니
그때 나는 반짝반짝 빛이 나던 황금기였네요."

황○○님

- -

"나의 마흔은… 저 올해 마흔이에요.
나는 왜 일하고 있는 건가에 대해 작년부터 고민했고,
올해 대책 없이 질렀어요, 후련해요."

김○○님

- -

"나의 마흔은… 나의 현실은 두 자녀의 아빠.
아이들의 보육비와 내 집을 마련하기 위해 저축을 해야 합니다.
내가 하고 싶은 것과 해야 되는 그 사이에서의 고민들도 있고요.
안정적이고 익숙한 것과 경험적이고 새로운 것,
그 사이에서 고민이 깊어요."

배○○님

"나의 마흔은… 취미가 생겼어요.
인맥을 만들고, 자기계발서를 읽고, 어학 공부를 하고,
너무 바쁘게 30대를 보내다가 이제야 나를 위한 선물을
스스로에게 준 같아서 정말 행복해요."

박○○님

"나의 마흔은… 30대 초반부터 준비한 성장기입니다.
삶에서 많은 부분들이 40대에서 변곡점이 생기더라고요.
준비한 사람에게만 좋은 기울기로요."

채○○님

"나의 마흔은… 새로운 걸 해 보고 싶고…
살아 있다는 걸 느끼고 싶었죠.
마흔에 서울살이 정리하고 제주로 내려왔어요."

전○○님

"나의 마흔은… 41살에 폐업을 했어요.
아파트가 날아가고, 이혼도 했고, 아버지도 돌아가셨어요.
몇 년을 방황하다가 49살에 다시 창업을 했고 지금은 안정기를 찾았습니다.
지금은 오히려 일을 줄이고, 여유를 즐겨 보려 해요."

이○○님

"나의 마흔은··· 앞으로의 40년을 어떻게 하면
더 행복하고 의미 있게 살 수 있을까 생각하게 되어요."

구○○님

- -

"나의 마흔은··· 마흔, 금세 가요.
총알같이 스쳐 지나간 것 같아요.
가정과 직장에서 가장 일이 많았던 시간으로,
남겨진 기억이 별로 없는 듯 성큼 뛰어넘은 것 같아요."

서○○님